10|18
12, avenue d'Italie — Paris XIIIe

Les enquêtes de Miss Seeton
aux Éditions 10/18

PAR HERON CARVIC

Miss Seeton entre en scène, n° 2805
Miss Seeton persiste et signe, n° 2806
Miss Seeton jette un sort, n° 2847
Miss Seeton fait des vocalises, n° 2915
Miss Seeton joue et gagne, n° 2937

PAR HAMPTON CHARLES

Miss Seeton prend l'avantage, n° 2989

MISS SEETON AU SERVICE DE SA MAJESTÉ

PAR

HAMPTON CHARLES

Traduit de l'anglais
par Katia HOLMES

10|18

INÉDIT

« Grands Détectives »
dirigé par Jean-Claude Zylberstein

Si vous désirez être régulièrement tenu au courant
de nos publications, écrivez-nous :

Éditions 10/18
c/o 01 Consultants (titre n° 3052)
35, rue du Sergent Bauchat
75012 Paris

Titre original :
Miss Seeton, by Appointment

ISBN 2-264-02888-2

Note de l'éditeur

Que peut faire un acteur anglais qui, après avoir interprété le rôle d'Hortensio dans *La Mégère apprivoisée* et celui de Fest dans *La Nuit des rois*, s'est spécialisé dans la comédie policière, d'abord au théâtre puis à la radio, lorsque sonne l'âge de la retraite ? Lorsqu'il s'agit d'Heron Carvic, il invente Miss Seeton. Et que faire lorsqu'il décède en laissant derrière lui, après cinq aventures, une héroïne excentrique et déjà célèbre qui ne demande qu'à vivre ? Eh bien, reprendre le flambeau comme on dit (sans trop savoir pourquoi). C'est ce qu'ont fait Hampton Charles d'abord, le temps de trois romans, puis Hamilton Crane avec un succès croissant et une belle longévité, puisque ce ne sont pas moins de douze épisodes à ce jour des aventures de l'inoxydable vieille fille au parapluie qui attendent encore d'être traduits dans cette collection. On le voit, nous n'en avons pas terminé avec Miss Seeton. Pour la plus grande joie de son éditeur et surtout de ses nombreux lecteurs.

À Anthea Morton-Saner,
par qui l'impossible arrive

CHAPITRE PREMIER

— Salut, beauté ! lança Bert, le facteur, prenant son temps pour chercher dans son paquet de courrier.

Le jeune homme énergique à la tignasse rousse était un *cockney*[1] émigré dans le Kent. Il aimait la vie qu'il y menait. Surtout l'été et, plus particulièrement, pendant les périodes où il assurait la tournée de Plummergen, une semaine sur trois. L'apparition de la petite camionnette rouge de la poste était, pour la plupart des habitants du village, le temps fort de la journée, et ils sortaient presque tous sur le pas de la porte pour prendre leur courrier et tailler une bavette. Les Cinglées, comme on les appelait au village (Bert les avait personnellement rebaptisées Double-patte et Patachon), ne manquaient jamais à l'appel. La rondelette Mrs. Norah Blaine était généralement assez aimable — à sa façon, un peu collante —, mais le grand plaisir de Bert, c'était quand Miss Erica Nuttel se montrait la première, car il avait pris l'habitude de jouer systématiquement au plus fin avec elle, et il adorait ça.

— Guère de chance aujourd'hui, cocotte ! fit-il, lui

1. Les *cockneys*, originaires de l'East End, les quartiers est de Londres, longtemps les plus pauvres de la capitale, sont un peu l'équivalent londonien du titi parisien. (*N.d.T.*)

tendant les missives une à une en les accompagnant d'un commentaire incessant. Facture de gaz. Carte postale de Wookey 'Ole[1] où qu' Maureen, elle s'amuse comme une p'tite folle, la veinarde ! *Psychic News*, sous enveloppe sans marque extérieure — y a intérêt ! Un beau tas de conneries, si vous voulez mon avis...

— Non merci, lança sèchement Erica Nuttel. Et qui plus est, je réprouve avec la dernière énergie votre impertinente familiarité et le fait que vous lisiez des messages qui me sont adressés en propre. Ne doutez pas que le responsable régional de la poste en entendra parler !

Bert sourit, imperturbable.

— Crénom ! Ça alors, ça vous va ! Dites donc, vous avez un problème, vous, non ? Jalouse, que vous êtes ! Savez quoi, un bisou, et j' vous laisse jeter un œil sur le reste. C'est qu'y a de jolis morceaux à se mettre sous la dent, là-dedans ! Tenez, sir George, de Rytham Hall : Sa Grâce et milady, eh ben, ils ont un courrier sacrément classe, eux, et ils sont pas les seuls. Y a què'ques-uns de vos voisins, ils reçoivent des cartes postales de vacances qui viennent de coins vachement plus exotiques que ce putain de Wookey 'Ole, j'aime autant vous l' dire ! Et puis, ils ont des correspondants drôlement huppés, figurez-vous. Tenez, d'vinez un peu qui qu' c'est qu'a une lettre de la reine, hein ?

Il tira du lot une grosse enveloppe d'allure opulente et la brandit de façon à en montrer le dos à Miss Nuttel, pour lui faire voir le royal blason qui y figurait, gravé en doré.

— Sacrée maousse de machine à écrire qu'elle doit avoir, au palais de Buckmachin ! C'est comme les

1. Bert, en bon cockney, ne prononce pas les « h ». Il s'agit des grottes de Wookey Hole, dans le Somerset. (*N.d.T.*)

livres imprimés en gros caractères que j' prends pour m'man à la bib'iothèque de Brettenden. Elle aime bien les trucs un peu olé olé, m'man. Oh ! ho ! Comme ça, on monte sur ses grands chevaux, hein ? dit Bert à la porte qu'on venait de lui claquer au nez. Et puis, va te faire foutre, tiens, pendant que tu y es !

Il tira la langue, fit un geste excessivement vulgaire avec sa main libre, parfaitement conscient qu'au moins une des Cinglées, sinon les deux, devait l'observer derrière les voilages de la fenêtre, et il traversa la route pour rejoindre l'endroit où il s'était garé. Sa camionnette était rangée devant la quincaillerie-bazar de Mr. Stillwell qui abritait aussi le petit comptoir tenant lieu de bureau de poste de Plummergen. C'était la dernière halte de Bert au village proprement dit ; il procédait à la levée de la boîte aux lettres, à l'extérieur, avant de passer à l'intérieur prendre les lettres recommandées et les paquets à emporter au bureau principal. Plummergen étant un village assez ramassé, c'était commode de laisser la camionnette là et de faire la distribution à pied, quitte à revenir chercher un paquet de courrier, au besoin.

— Oh, Eric, t'es méchante ! Laisse-moi *donc* regarder un peu avec les jumelles !

Norah Blaine vibrait littéralement d'impatience, mais Miss Nuttel continuait son observation, perchée sur une chaise qu'elle avait placée près d'une des fenêtres de l'étage donnant sur la rue, ajustant de temps en temps la mise au point afin de ne pas perdre Bert de vue, tandis qu'il poursuivait son excentrique tournée, remontant la Rue avec une belle désinvolture.

— Tais-toi, Bunny, et arrête de tirer sur mon pantalon ! J'essaie de me concentrer. De toute façon, tu sais bien que tu n'arrives jamais à régler les jumelles correctement. Il l'a fait carrément exprès, tu sais : deux fois, il est revenu à la camionnette, et chaque fois avec cette fameuse grosse enveloppe à la main ! Pour être bien sûr que tout le village est au courant.

— Bon, mais c'est tout de même intéressant, après tout, s'exclama Norah. À ta place, je lui aurais arraché ça des mains et j'aurais regardé l'adresse !

Miss Nuttel renifla.

— Ne sois pas ridicule ! Tu n'aurais rien fait de tel. Tu t'es laissé intimider par cet horrible garçon, avec ses insinuations grossières. En plus, c'est parfaitement évident que ça doit être pour les Colveden. Sir George est juge de paix, après tout. La lettre vient indiscutablement du palais, peut-être qu'il va être nommé *lord lieutenant*[1] du comté.

— Ou son second, suggéra Norah, encline à plus de modération dans ses élucubrations. Au fait, il y en a juste un par comté, ou plusieurs ?

— Je pourrais pas te dire. Et, franchement, la question est de pure forme, en ce qui nous concerne. Tu peux toujours appeler le *Daily Telegraph*[2], si tu tiens vraiment à le savoir... Ah, ça *non* ! Là, c'en est *trop* !

Mrs. Blaine fit de son mieux pour avoir l'air de vibrer d'indignation :

— Oh, voyons, Eric ! Je ne faisais que *demander*, moi...

Erica Nuttel descendit de la chaise en catastrophe, l'air outré :

— Il l'a distribuée à *cette bonne femme* !

Il fallut quelques secondes à Norah Blaine pour cesser de protester — en pure perte — et pour assimiler la

1. Chef de l'exécutif et premier magistrat d'un comté. (*N.d.T.*)

2. Quotidien de tendance conservatrice, un peu comparable au *Figaro*, en France. (*N.d.T.*)

nouvelle communiquée par son amie. Et même là, elle ouvrit et referma plusieurs fois sa petite bouche de poisson rouge avant de recouvrer l'usage de la parole :

— Miss *Seeton* ? fit-elle enfin d'une voix tremblotante. Une lettre de Buckingham Palace ?

— Pour *moi* ? De Buckingham Palace ? Oh, mon Dieu, sûrement pas ! C'est tout à fait incroyable ! Il doit y avoir méprise...

— Nôôn, pas d'erreur, Miss S, répondit Bert avec un grand sourire pour rassurer Miss Emily Sccton. Remettez-vous : si les gardes de la Tour de Londres vous enferment, on vous fera échapper en cinq sec, moi et mes potes !

Il adressa un clin d'œil conspirateur à Martha Bloomer qui était apparue derrière Miss S, une pelle et une balayette à la main. Martha, qui habitait à côté de *Sweetbriars* et faisait le ménage chez sa voisine — et d'autres menus travaux, selon les besoins —, était une âme optimiste et généreuse. Qui plus est, elle était originaire de Londres : il y a bien longtemps, à l'époque où les Londoniens accouraient de l'East End par centaines pour gagner quelques livres comme journaliers, Martha et les siens étaient venus récolter le houblon. Et c'est à cette occasion que Stan, son mari, lui avait fait la cour et avait conquis son cœur. Si le passage des ans avait changé Martha par bien des côtés, elle avait malgré tout gardé un ou deux tours dans son sac, sur la façon de rabattre le caquet à un cockney un peu culotté.

— La Tour ? Mon Dieu, j'espère bien que non... répondit Miss Seeton, l'esprit ailleurs.

Faisant fi de cérémonie, Martha la soulagea du poids de l'imposante missive qu'elle examina brièvement.

— Voyons, ne faites pas attention à ses âneries, conclut-elle d'un ton décidé. Il essaie juste de vous taquiner, Miss. Il y a une carte, là-dedans : je la sens.

Miss Emily D. Seeton, Sweetbriars, Plummergen, Kent. Ça, c'est une invitation; c'est clair comme de l'eau de roche.

— Z'êtes pas tombée de la dernière pluie, vous, hein, Mrs. Bloomer! Oui, elle a parfaitement raison, Miss S, poursuivit Bert, prenant alors une invraisemblable voix de fausset et mimant le geste d'inviter Miss Seeton à s'installer à une table. « *Siii* contente que vous ayez pu vous joindre à nous pour c'te p'tite collation, Miss Seeton! Voulez-vous avoir la bonté d' vous asseoir là, entre lord Machintruc et l'duc de Comment-vas-tu-yau-de-poêle? Ah, et prenez garde que l' vieux duc, il renverse pas sa soupe tout partout sur vot' robe, cocotte! »

— Ça suffit, Bert!

Sentant que Mrs. Bloomer était sur le point de hisser le drapeau d'avis de tempête, Bert reprit sa voix normale.

— Bon, d'accord. S'cusez-moi, Miss S, juste une p'tite blague. Ce que j' crois, moi, c'est qu' c'est pour une de leurs fameuses garden-parties. Et vous aurez d' la compagnie, vu que j'en ai une aut' comme ça dans ma sacoche, pour sir George et sa dame. Allez, ouvrez-la; ça mord pas!

Ayant presque des doutes quant à cela, Miss Seeton eût préféré se retirer dans sa chambre, à l'abri des regards, et faire quelques exercices de yoga avant d'ouvrir la royale missive. En même temps, elle se rendait compte que ce serait imposer un châtiment cruel et artificiel à la fidèle Mrs. Bloomer et à l'amusant Bert, deux personnes pour lesquelles elle s'était prise d'affection depuis qu'elle était venue habiter Plummergen.

— Oui, bon, peut-être. Mais ce ne serait pas convenable de déchirer l'enveloppe, non? Oh, un canif?

Quelle gentille attention... Tiens, tiens, vous aviez raison, tous les deux. Voyez-moi ça ! C'est écrit : « À la demande de Sa Majesté, j'ai le plaisir de solliciter la présence de Miss Emily Seeton à la garden-party qui sera donnée... » Moi ! Invitée à une garden-party de la reine ! Naturellement, il est impossible que j'y aille...

— Qu'esse vous voulez dire, pas y aller ?

— Pas y *aller* ? Et pourquoi donc ?

Face à ce front uni d'indignation stupéfaite de la part de ses deux amis, Miss Seeton hésita carrément. Quel ne fut donc son soulagement quand Bert finit par décider que le devoir l'appelait ailleurs, et partit en jurant qu'il reviendrait à la charge le lendemain, après en avoir discuté avec sa mère ! C'est alors que Martha Bloomer eut le bon sens de prescrire une bonne tasse de thé, accompagnée d'un des biscuits au gingembre et au chocolat que Mrs. Stillwell vendait depuis quelques mois au magasin. De sorte que, moins d'une demi-heure après, le trouble de Miss Seeton s'était en grande partie dissipé.

Plus tard, son modeste déjeuner avalé, elle commença à éprouver une timide excitation, allant même jusqu'à caresser l'idée d'accepter l'invitation (on avait eu le tact de joindre à l'envoi une carte-réponse imprimée). Naturellement, ça changeait tout, si sir George et lady Colveden en avaient également reçu une, mais il se pouvait que Bert eût plaisanté à ce propos-là aussi. Comme au sujet de la Tour de Londres, n'est-ce pas. Un garçon si enjoué ! Bien trop jeune pour savoir que personne n'avait été emprisonné à la Tour depuis le pauvre sir Roger Casement — tiens, bizarre, tout de même, qu'une famille porte un nom de fenêtre[1]... D'un autre côté, il y avait bien eu un

1. Le mot « *casement* » peut accompagner « *window* » pour désigner les fenêtres à deux battants. (*N.d.T.*)

héraut nommé Portcullis — joli patronyme, quoique pas tout à fait aussi beau que Bluemantle Pursuivant... Mais, à propos de portes et fenêtres d'une sorte ou d'une autre, il y avait aussi un lord Portal qui avait été quelque chose d'important dans l'armée de l'air. Ou bien était-le fameux lord Trench — non, n'était-ce pas plutôt Trench*ard*?

Miss Seeton continua à rêvasser, passant de Trenchard (qui évoquait confusément pour elle des policiers et des aviateurs) à trench-coats, culotte d'équitation, harnais de sauvetage et Grace Darling[1]... quand le bruit d'un petit coup frappé au carreau la fit remonter à la surface de sa conscience. Elle leva les yeux et découvrit Nigel Colveden, dehors. Lui adressant aussitôt un petit signe de la main, elle se hâta d'aller lui ouvrir la porte.

— Mon cher Nigel, quel plaisir de vous voir! J'avais oublié que vous devez être en vacances, maintenant. Quel temps superbe vous nous avez apporté! Entrez, entrez. Vous avez déjà déjeuné? Mrs. Bloomer est rentrée chez elle, mais je suis sûre que je pourrais vous faire un sandwich...

— Merci beaucoup, Miss Seeton, mais il y a près de deux heures que j'ai déjeuné. Il est trois heures dix, vous savez.

— Juste ciel, vraiment? Je crains de m'être encore laissée aller à rêvasser. À propos de lord Portal, et de naufrages, aussi, je ne sais trop pourquoi. Bon, eh bien, une petite tasse de thé, alors, pendant que vous me raconterez les dernières nouvelles.

1. Héroïque Anglaise, fille d'un gardien de phare des îles Farne, qui, lors du naufrage du *Forfashire*, le 7 septembre 1838, brava la tempête et, ramant avec son père dans une petite barque, réussit à sauver neuf vies. L'usage de *darling* comme terme d'affection viendrait, dit-on, de là. (*N.d.T.*)

Le fils et héritier de sir George et lady Colveden avait vingt ans et fréquentait un institut agricole. Sans être un géant intellectuel, c'était un jeune homme agréable, ouvert et capable de se montrer plein de ressource, à l'occasion. Il s'était plusieurs fois arrogé le rôle de protecteur de Miss Seeton et lui avait rendu d'insignes services. Il avait deux grands centres d'intérêt dans la vie : sa petite MG sport et sa bonne amie du moment.

Il n'y avait guère que deux ou trois ans que Miss Seeton connaissait les Colveden, mais elle se rappelait plusieurs flammes de Nigel, invariablement aussi séduisantes que mal assorties avec lui. Elle constata, en voyant les yeux brillants de Nigel, que tout était normal : il avait une nouvelle petite amie. Mais, naturellement, on ne pouvait pas lui poser directement la question. Ça ne se fait pas...

— Eh bien, Nigel, parlez-moi donc de votre nouvelle petite amie, s'entendit-elle suggérer en lui offrant un de ses biscuits, vraiment tout à fait excellents.

Elle se rassit brusquement, soudain gênée et rougissante.

— Seigneur ! Ça se voit donc tant que ça ? lança le jeune homme.

Il était clair au sourire de Nigel qu'il n'était pas troublé le moins du monde et ne demandait pas mieux que de se lancer dans une envolée lyrique à propos de ses dernières péripéties amoureuses. Rassurée, Miss Seeton but une gorgée de thé et attendit.

— Oui. Eh bien, c'est fantastique ! Vous ne devinerez jamais, mais j'ai rencontré Marigold Naseby. *La fameuse* Marigold Naseby !

— Euh... je suis ravie pour vous, Nigel. Pardonnez-moi, mais je ne suis pas absolument sûre...

— Comment, Miss Seeton, vous *devez* être au courant, c'était dans les journaux ! La Femme Lalique.

— Lalique ? Oh, quelle vision merveilleusement *audacieuse* il avait, pour un joaillier, mais il est vrai qu'il a créé des bijoux pour Sarah Bernhardt, non ? Ah, on en regretterait d'être né trop tard pour l'avoir vue jouer... peut-être même portait-elle un bijou Lalique sur scène. C'est bien au grand Lalique que vous faites allusion, non ?

— Oui, oui, du moins je suppose. Mais l'essentiel, c'est que Marigold Naseby ait été choisie pour représenter la Femme Lalique ! À la suite de la « Recherche du siècle » pour trouver « le Symbole » de Cédric. Cédric *Benbow.*

Miss Seeton commençait à comprendre l'intérêt soudain que Nigel portait à Lalique. Il y avait des années qu'elle ne lisait plus les journaux — de plus en plus déprimants —, et elle éteignait généralement son poste de radio après les prévisions météorologiques. Elle n'était cependant pas privée de nouvelles pour autant : Martha Bloomer, par exemple, aimait discuter de l'exploration de la lune, ayant un cousin par alliance qui prétendait avoir vu, un soir, une soucoupe volante dans le ciel de Tenterden.

De plus, il arrivait à Miss Seeton de prendre le thé avec le pasteur et sa sœur, et le révérend Arthur Treeves s'aventurait de temps en temps à exprimer une opinion sur les événements survenus dans le monde, hors de Plummergen. La formidable Miss Molly Treeves le corrigeait sur les faits et discutait l'interprétation qu'il en faisait. Miss Seeton, elle, avait tendance à laisser ces conversations lui entrer par une oreille et ressortir par l'autre ; pourtant, elle l'aurait sûrement remarqué, si les Treeves avaient mentionné le nom de Cédric Benbow.

— Miss Naseby est une amie de Cédric Benbow ? Eh bien, ça alors ! Savez-vous, Nigel, que j'étais aux

Beaux-Arts avec Cédric Benbow ? Quel drôle de garçon il était à l'époque, très gêné par son acné et, oserais-je le dire, affligé d'un parler bien commun ! On ne se doutait pas une seconde qu'il arriverait à de si grandes choses !

Nigel considéra Miss Seeton avec une sorte de respect ébloui. Il avait fini par comprendre que, aussi étonnant que cela pût paraître, elle n'avait jamais entendu parler de Marigold Naseby. D'un autre côté, voilà qu'elle prétendait connaître le fameux Cédric Benbow, jeune dilettante doré des années trente qui était devenu le photographe-portraitiste le plus recherché de Mayfair et avait tâté de la décoration théâtrale, avant de trouver la gloire internationale en devenant le grand monsieur de la photo de mode.

— Ça alors ! s'exclama-t-il avec révérence.

CHAPITRE II

— Attends une minute, Chris, que je note les noms.

Le commissaire divisionnaire Delphick essayait, tout en attrapant son bloc-notes, de maintenir le combiné du téléphone contre son oreille avec son épaule, à la manière des personnages de cinéma qui ont l'air de faire ça avec tant de facilité. Et, comme d'habitude, le téléphone tomba bruyamment sur son bureau. Le reprenant en main, il lança un regard noir à l'inspecteur Ranger, à l'autre bout de la pièce, mais c'était trop tard : le gentil géant qui lui servait de second avait déjà fait pivoter son fauteuil et tentait de dissimuler son sourire en farfouillant dans le petit meuble-fichier qui jouxtait sa table de travail. Quand Ranger avait transmis à l'Oracle l'appel du commissaire Brinton, de la police du Kent, il avait parié tout seul que la conversation entre les deux vieux copains traînerait en longueur, et que son supérieur laisserait choir son téléphone au moins une fois. Sûr qu'il en avait dans la tête, le patron, mais Bob n'aurait guère aimé le voir manier une tronçonneuse !

— Excuse-moi. Les Colveden, je les connais plutôt bien, naturellement, y compris le petit Nigel. Et j'ai entendu parler de Cédric Benbow — qui ne connaît pas son nom ? Mais qui donc est ce Lalik ? Ça sonne comme un de ces Libanais louches qui font des trafics en tout genre, habitent Eaton Square et se mêlent de trop de choses à la fois pour rester longtemps en bonne santé. Quoi ? Ah, je vois. Ça s'écrit L.A.L.I.Q.U.E. Un célèbre joaillier. Bon, bon, maintenant, je te suis. J'aurais dû piger quand t'as mentionné Benbow. Il y a eu quelque chose là-dessus dans le *Daily Negative*, je m'en souviens. Qu'est-ce que tu veux dire, un torchon ? s'étonna-t-il avant de marquer un temps d'arrêt pour considérer la chose. Bah, je suppose que c'en est un, c'est vrai. Mais j'apprécie les articles d'Amelita Forby, pour avoir eu affaire à la dame. Alors, cette Marigold Naseby est la fille qui a gagné le concours, hein ? Dis-m'en un peu plus long.

Delphick écouta attentivement. Un sourire s'épanouit lentement sur son visage tandis qu'il prenait des notes avant de répondre :

— Je vois ce que tu veux dire, Chris. Moi non plus, je n'imagine guère Miss Seeton faisant la une du magazine *Mode*, mais, cela dit, quel être rationnel aurait pu envisager qu'elle aille fricoter avec tes fameux adorateurs du diable, hein ? Donc, d'après toi, elle n'aurait rien à voir avec cette affaire, à part qu'elle habite Plummergen et qu'elle connaît les Colveden. Toi et ta bande de joyeux drilles, non plus — officiellement, du moins. Bon, eh bien, mieux vaut prévenir que guérir, je suppose. Cela dit, tes appréhensions sont entièrement compréhensibles. Non, bonne idée, mais je n'ai rien du tout pour la tenir occupée ailleurs pendant quelques jours. Passe-moi un coup de fil quand ce sera terminé. J'espère que ça va gazer, pour toi.

Delphick raccrocha et réfléchit un instant avant de se tourner vers Ranger.

— Vous êtes allé à Plummergen voir votre future, ces derniers temps, Bob ?

— J'y vais tous les week-ends où j'arrive à me libérer, monsieur.

— Z'avez aperçu Miss Seeton, récemment ?

— On l'a rencontrée dans la rue, Anne et moi — tenez, dimanche dernier. Elle revenait de l'office. On a bavardé quelques minutes... Oh, pardon, monsieur, ajouta Bob d'un air gêné, j'avais oublié de vous transmettre ses salutations !

— Très gentil de sa part. Pendant que le commissaire Brinton, à Ashford, se fait un sang d'encre à son sujet... Aviez-vous la moindre idée que Rytham Hall a le privilège de posséder deux des plus belles pièces décorées par William Morris[1] qu'on puisse trouver en Angleterre ?

— Non, je peux pas dire que j'en aie entendu parler.

Bob Ranger s'était fait à cette habitude qu'avait l'Oracle de changer de sujet sans crier gare.

— Bon, eh bien, maintenant, on est tous les deux au courant. Apparemment, *Vogue* ou un autre magazine sur papier glacé — non, de fait, c'est de *Mode* qu'il a parlé — prépare un numéro très élaboré pour présenter une nouvelle collection de vêtements de luxe. Ils ont loué les services du vieux Benbow pour faire les photos — à prix d'or ! — et il a transformé l'affaire en superproduction, avec prises de vue à Rytham Hall, en intérieur et dans le parc. Avec l'aimable permission de sir George et lady Colveden, et contre espèces sonnantes et trébuchantes, sans nul doute.

— Excusez ma stupidité, monsieur, mais pourquoi est-ce que ça inquiète Mr. Brinton ?

— Pour plusieurs raisons. Primo : une collection de

1. Célèbre décorateur anglais du XIXe siècle qui fut aussi écrivain, dessinateur, peintre et théoricien. (*N.d.T.*)

bijoux Lalique valant, paraît-il, des millions, a été réunie avec le concours de musées de Lisbonne et de Paris, et acheminée ici, à titre de prêt, pour que les robes aient l'air encore plus chic. Pour veiller sur ces babioles, on a employé les services de l'entreprise de sécurité la plus réputée d'Angleterre, mais sir George s'est dit que ça ne ferait pas de mal de passer un coup de fil au chef de la police régionale[1] pour le mettre au parfum.

Delphick marqua une pause, se gratta la tête, et contempla le plafond d'un air songeur avant de poursuivre.

— Deuzio : à l'instigation de Benbow, ils ont organisé ce qui a tout l'air d'un concours de beauté à l'échelle nationale, pour trouver un modèle censé avoir le visage et, je présume, la silhouette qui conviennent aux vêtements et à la camelote Lalique. L'heureuse gagnante est Marigold Naseby, une illustre inconnue, maintenant célèbre aux yeux des lecteurs de la presse populaire, bien qu'elle n'ait encore rien fait, et appelée à toucher des cachets faramineux... l'espace de quelques mois, jusqu'à ce qu'apparaisse le nouveau Visage du siècle. Il semblerait que tout ça ait déclenché énormément de publicité. On n'a encore mentionné nulle part que Rytham Hall servirait de cadre aux photos de Benbow, mais, à la suite de sa petite conversation avec sir George, le chef de police dont dépend Brinton s'est avisé que le premier venu qui aurait envie de l'apprendre y arriverait facilement. Il a

1. La police anglaise est assez fortement décentralisée et c'est le *Chief Constable* qui dirige la police de chaque grande région. Ce poste très important, assorti de grandes responsabilités, peut se comparer, par certains aspects, à celui de préfet. (*N.d.T.*)

également été frappé par l'idée qu'un voleur de bijoux de haute volée pourrait bien envisager l'affaire comme un défi à relever.

— Je peux comprendre ça, monsieur !

— Les grands esprits se rencontrent, en effet. Donc, bien que ce soit les gens de Sécuricor ou de Machintruc qui aient la responsabilité de veiller à la sécurité de la bimbeloterie, je suis sûr que vous comprenez pourquoi les méditations du chef de police ont donné ample matière à réflexion à Mr. Brinton. Et pourquoi l'appréhension de Mr. Brinton est aggravée du fait que tout ce grand guignol doit se jouer dans un proche avenir, dans un lieu facilement accessible à pied, depuis la modeste résidence de Miss Emily D. Seeton.

— Il a peur qu'elle se retrouve mêlée à ça, d'une manière ou d'une autre.

— Vous êtes rapide à la détente, Bob, fit Delphick avec un sourire qui effaça l'ironie de la remarque. Non seulement il le craint, mais il en est même sûr et certain. Et quel droit avons-nous de prendre ses prémonitions à la légère ?

Au même moment, Miss Seeton était également le sujet de conversation dans un autre bureau de Scotland Yard, plus vaste et richement meublé : celui de sir Hubert Everleigh, directeur adjoint de la maison (brigade criminelle). Ce dernier se trouvait en compagnie de Roland Fenn, sous-directeur adjoint, des Services spéciaux, contre qui il menait une guerre épisodique, et avec qui il discutait présentement, de manière assez modérée, pour une fois.

— Je n'arrive toujours pas à voir pourquoi vous insistez tant pour ne pas mettre Delphick au courant. Car, si Miss Seeton a un patron ici, c'est bien lui.

Fenn posa un doigt sur son nez.

— Le besoin de savoir, Hubert, le besoin de savoir... Je ne cesse de vous le répéter. De plus, c'est absurde de parler de « patron » à propos de Miss Seeton. Elle reçoit des émoluments annuels en tant que, disons, conseiller, je suppose.

— En tant qu'artiste. C'est ainsi qu'elle envisage son travail, et c'est ainsi qu'on devrait l'appeler.

— Bon, d'accord, va pour « artiste ». Et je suppose que c'est Delphick qui l'a plus ou moins recrutée.

— En effet. Et je pourrais vous faire remarquer que vous avez plus d'une fois exprimé l'idée qu'il avait complètement perdu les pédales, jusqu'au jour où vous avez pu constater par vous-même toute l'utilité qu'elle pouvait avoir.

— Admettons. Néanmoins, elle n'appartient pas à l'équipe de Delphick et, je le répète, il n'est pas au courant. C'est ça qui compte. Et, à la réflexion, je ne suis même pas sûr que *vous* ayez besoin d'être au courant.

Sir Hubert se hérissa :

— Eh, dites donc, je me rends bien compte que vous, les gars des Services spéciaux, vous avez l'air de croire que vous pouvez n'en faire qu'à votre tête et vous balader en serrant vos secrets sur vos cœurs, mais rappelez-vous qui paie votre salaire, *Mr. Fenn* ! Et souvenez-vous que nous sommes quelques-uns dans ce bâtiment à être vos supérieurs, et à avoir des petits copains bien placés au ministère de l'Intérieur, au moins autant que vous.

Le directeur adjoint savait qu'il n'était pas dans la nature de Fenn de s'excuser, mais la manière dont son cadet examinait ses ongles parfaitement manucurés suggérait une certaine gêne. Il se borna donc à se racler la gorge avant d'adopter un ton plus amical :

— Bon, d'accord. Poursuivons. Ainsi, elle a accepté l'invitation. Parfait.

— Oui. Pratiquement tous les gens qui en reçoivent une l'acceptent, naturellement. Ils sont plus que ravis. Mais, tout de même, j'ai été content d'apprendre qu'elle avait dit oui. D'un autre côté, il ne faut pas trop attendre de cette brave dame. Un de mes hommes ne devrait pas avoir trop de mal à la mettre sur le chemin de Wormelow Tump et à lancer la conversation entre eux. Et même, avec un peu de chance, à fabriquer un petit incident, histoire de s'assurer que Tump lui fait plus d'impression que les autres inconnus qu'elle va rencontrer. Mais ce serait un peu exagéré d'espérer qu'il déclenche chez elle une de ses extraordinaires intuitions psychologiques — en l'espace de quelques minutes, au plus.

Sir Hubert confirma d'un léger hochement de tête.

— En effet. Et à la réflexion, je me rends compte que vous avez raison : il ne faut absolument rien lui dire, pas même qu'on veut savoir ce qu'elle pense de son état d'esprit, fit-il avec un soupir. Je dois dire que vos amis de Curzon Street[1] semblent compliquer les choses à plaisir. Si les services du MI5[2] ont des doutes sur la loyauté de ce type *et* s'ils pensent que quelqu'un fait pression sur lui, pourquoi ne pas choisir la solution évidente et lui parler eux-mêmes discrètement ? Pour l'amener à démissionner. Après ça, plus de problèmes, non ?

Fenn ferma brièvement les yeux et prit cet air peiné qu'il savait si bien affecter. Puis, se rappelant qu'il venait juste de frôler l'insubordination patente, il

1. Rue où se trouve le siège des services de contre-espionnage. (*N.d.T.*)

2. Abréviation de *Military Intelligence (Section) Five*, le service de contre-espionnage anglais. (*N.d.T.*)

s'éclaircit la gorge et choisit un ton de neutralité, ajoutant un « monsieur », rare chez lui, pour faire bonne mesure :

— Permettez-moi d'essayer de clarifier mon propos, monsieur. Comme vous le savez, je participe régulièrement à des réunions de coordination avec la direction du MI5, et le problème a été évoqué plusieurs fois, ces derniers mois. Il y a chez eux un type — mieux vaut qu'il reste anonyme, je suppose — qui est toujours prêt à voir des Rouges sous chaque lit. Il a aussi une idée fixe sur Harold Wilson. Un gars bizarre sous tous rapports, à vrai dire. Parle de prendre sa retraite en Tanzanie — ou est-ce en Tasmanie ?

— On se fiche pas mal de l'endroit où ce zouave-là va prendre sa retraite ! Poursuivez.

— Excusez-moi. Bon, il est convaincu que l'ami Tump s'est fait embobiner avant-guerre, quand il était à Cambridge, comme tous les autres à qui c'est arrivé, et que depuis ce temps-là il bosse pour l'autre camp.

— Oui, oui, j'ai déjà entendu tout ça. Mais il travaille à quoi, pour l'amour du ciel ? À informer les Russes que le trône du couronnement est vermoulu ? À installer un micro caché dans le presse-papier Fabergé de Sa Majesté ? Bon sang, ce type-là n'est jamais qu'une sorte de magasinier de luxe à Buckingham, non ? Il s'occupe de toute la camelote inutile que les gens déversent sur la famille royale, partout où elle va, d'après ce que j'ai cru comprendre. Des porte-parapluies en forme de pied d'éléphant de parade, des modèles réduits du Taj Mahal en allumettes de récupération, ce genre de bazar. Dommage que tout ça ne puisse pas aller directement chez Oxfam[1], voilà ce que j'en pense.

1. Organisation humanitaire d'aide aux pays en voie de développement. (*N.d.T.*)

— Pardonnez-moi de vous contredire, sir Hubert, mais ce n'est pas tout à fait exact. Vous avez vous-même parlé de « presse-papier Fabergé », et il est fort possible que Sa Majesté en utilise un, en effet. La collection royale des « *Objets de Vertu** » est littéralement sans prix, bien qu'elle inclue sans doute un drôle de bric-à-brac, j'en conviens. En tant que conservateur de la collection, sir Wormelow Tump est un membre important de la Cour, qui a de fréquents contacts personnels avec les membres de la famille royale. Il est également l'un des plus grands experts vivants en matière de laque — ou est-ce d'émail, ou autre chose ? Imaginez comme ce serait gênant s'il devait être accusé de, bon, peut-être pas vraiment de trahison, car je suis sûr que vous avez raison de penser qu'il n'a probablement pas été de la moindre utilité politique au camp adverse. Mais si la une des journaux le dénonçait comme « espion personnel » de la reine ! Les rédacteurs de gros titres s'en donneraient à cœur joie.

— C'est précisément ce que j'ai essayé de vous faire comprendre, mon cher ! Ils auraient meilleur temps de se débarrasser tout de suite de ce gars-là. Pour limiter les dégâts. Il y aura peut-être quand même du tintouin s'il est démasqué par la suite, mais rien d'aussi méchant que s'il était encore en fonction.

— Tout à fait, mais encore faut-il que le responsable du MI5 en question ait raison. Il a persuadé deux ou trois autres personnes haut placées dans l'organisation de prendre son parti, mais il y en a d'autres qui sont tout aussi convaincues que cette histoire ne tient pas debout. Il y aurait sûrement des têtes qui tombe-

* Les mots en italiques suivis d'un astérisque indiquent les expressions figurant en français dans le texte original. (*N.d.T.*)

raient si Tump parlait des pressions qu'on lui fait subir pour qu'il démissionne, et du refus qu'il y oppose parce qu'il est innocent. Le seul fait de l'interroger pourrait suffire à mettre le feu aux poudres. Il est plutôt chatouilleux, autant que je sache.

— Ainsi, le MI5 n'arrive pas à décider s'il vaut mieux laisser couler ou carrément mettre le pied dans la fourmilière, et vous avez proposé Miss Seeton pour faire un diagnostic et décider à leur place.

L'homme des Services spéciaux eut la bonne grâce dc rougir un tantinet.

— Ça paraît ridicule, dit comme ça, mais, dans un sens, c'est vrai, oui. Sauf que je ne leur en ai pas soufflé mot et que je n'ai pas l'intention de le faire, à moins que, par miracle, elle ait une idée brillante. Ce qui s'est passé, c'est qu'on m'a demandé si des hommes de chez nous — on en a toujours au palais — m'avaient rapporté des racontars sur le compte de Tump. Je me suis donc personnellement entretenu avec plusieurs de ces agents : la plupart ne l'avaient même jamais vu. Ceux qui le connaissent sont généralement d'avis qu'au pire il aurait tendance à être snobinard. En tout cas, il n'en est rien sorti qui puisse avoir la moindre utilité pour le MI5. En fin de compte, c'est le chef du MI5 qui devra trancher, après en avoir discuté avec le Premier ministre, c'est certain. Malgré tout, Miss Seeton pourrait peut-être contribuer à apaiser la querelle qui règne à Curzon Street. Et même si elle n'y parvient pas, elle aura au moins eu le plaisir de prendre le thé et de savourer des gâteaux dans les jardins du palais, sans savoir le pourquoi de la chose.

— Autant que je connaisse notre Miss S, de toute façon, elle ne saura pas pourquoi, quoi qu'il arrive. Cette femme est un paratonnerre humain, la seule chose qui reste en place quand tout le reste a été démoli par la foudre. Bon, eh bien, espérons qu'elle fera du beau boulot pour vous. Je suis obligé de reconnaître que le fait d'introduire délibérément Miss Seeton quelque part semble toujours donner des résultats, même si ce ne sont pas nécessairement ceux qu'on escomptait.

— Ai-je donc l'assurance que vous ne mentionnerez rien de tout cela à Delphick... monsieur ?

— Bon, eh bien, d'accord. Pas avant la chose, en tout cas. Mais vous avez intérêt à me tenir au courant. Entendu ?

— Naturellement. Maintenant, si vous voulez bien m'excuser ?

Sir Hubert fit oui de la tête et Fenn se leva pour partir. Il arrivait à la porte quand le directeur adjoint ajouta, à la réflexion :

— Voulez-vous bien satisfaire ma curiosité sur un point ? Comment vous y êtes-vous pris pour lui obtenir une invitation ?

Fenn eut un sourire entendu.

— L'enfance de l'art ! On nous communique systématiquement les listes d'invitation à ce genre d'événements, et ce n'est pas la première fois que nous avons suggéré une ou deux additions. Pourquoi, aimeriez-vous vous y rendre un jour avec lady Everleigh ?

La réponse de sir Hubert sortit tout droit du congélateur :

— Merci de votre suggestion, Mr. Fenn, mais nous n'avons pas besoin de votre assistance, mon épouse et moi. Nous avons déjà eu le privilège d'être reçus par Sa Majesté. À plusieurs occasions. Et ne poussez pas le bouchon trop loin, mon petit gars !

CHAPITRE III

Sir Sebastian Prothero coupa par Carnaby Street, jetant de temps à autre un regard amusé et tolérant sur un jeune habillé de manière particulièrement absurde. Il s'arrêta même soudain pour examiner un garçon à longs cheveux bouclés, retenus par un foulard noué autour du front, et en pantalon de peluche rose à pattes d'éléphant, avec une longue écharpe frangée qui ressemblait étrangement à une vieille nappe, un gilet de brocart, mais pas de chemise. Prothero, d'abord amusé, ne tarda pas à sentir son plaisir altéré par des regrets : à trente-sept ans, il était sans doute assez vieux pour être le père de la plupart des jeunes qui passaient par là. À la réflexion, il se pouvait même parfaitement qu'il *fût* le géniteur d'un ou deux de ces adolescents, et qu'il y eût un porteur de gènes Prothero parmi ces garçons et ces filles en sous-vêtements à l'effigie du drapeau anglais et en jupes maxi. Frissonnant délicatement, il tourna ses pensées vers des sujets moins déprimants.

En réalité, c'était lui qui avait la plus étrange allure à Carnaby Street, ce matin-là, son style vestimentaire convenant beaucoup mieux à Pall Mall, à quelque huit cents mètres de là, vers le sud-est. Il portait un costume de chez Gieves and Hawkes, qui lui avaient également fourni ses chaussettes. Ses chaussures luisantes étaient signées Lobb de St. James et la chemise sur mesure, qui faisait si joliment ressortir la cravate de son ancien régiment, avait été confectionnée par Turnbull and Asser. Sir Sebastian avait parfaitement le droit de porter une telle cravate : après tout, il n'avait pas été cassé, à la suite du malheureux concours de circonstances survenu sept ou huit ans plus tôt. On lui avait tout juste suggéré — avec une certaine fermeté — qu'il serait bien avisé de présenter sa démission.

À l'époque, il avait eu la nette impression d'avoir été traité de manière injuste. Après tout, ce n'était guère sa faute si la fille de l'adjudant — Fiona, qui avait dix-sept ans — était tombée amoureuse de lui, avait bu un ou deux verres de champagne de trop au bal du régiment et s'était bêtement donnée en spectacle. Le sale coup de déveine, c'est que la gamine, parfaitement au courant de l'agréable liaison de Sebastian avec sa mère, avait transmis le renseignement à la ronde, à tous ceux qui pouvaient l'entendre, fascinés, pendant que son adjudant de père, cramoisi, se hâtait de l'entraîner ailleurs.

On n'a guère la tête à ce qu'on fait quand on se trouve dans un tel guêpier, et il est pardonnable d'avoir laissé un certain désordre s'installer dans vos finances, non ? Oh, juste quelques chèques en bois, mais on aurait cru qu'il avait voulu faire sauter la Banque d'Angleterre, à la manière dont le colonel Henry l'avait tancé pendant une mémorable demi-heure. Si Prothero continuait à penser que Henry s'était montré très vieux jeu en insistant pour qu'il quittât le régiment, il était cependant d'accord sur un point, souligné par le colonel : l'adjudant était un excellent tireur, qui attendait peut-être avec impatience les prochains exercices de tir du bataillon.

Mais en fin de compte, tout s'était bien terminé. Son père, cinquième baronnet du nom, était mort quelques mois plus tard d'une chute de cheval, alors qu'il prenait part à la chasse du North Herefordshire, près de Bromyard, et cela avait bien arrangé les choses. Quoique le gaillard eût laissé pas mal de dettes, l'avenir s'annonçait beaucoup plus prometteur pour le nouveau sir Sebastian que pour l'ex-capitaine Prothero qui s'était couvert de honte.

Certains entrepreneurs, que les scrupules n'étouffaient pas, savaient tout l'avantage qu'il y a à tirer, pour les relations publiques, d'un papier à en-tête s'ornant du nom d'un « directeur » ayant un titre nobiliaire, et ils étaient prêts à payer jusqu'à deux mille livres par an pour un tel privilège. Le *Club Mondial* venait d'acquérir sa licence d'établissement de jeu et d'ouvrir aux joueurs fortunés ses portes capitonnées de cuir ; c'est alors que Prothero fit la connaissance de Reg Cobb, qui en était le véritable propriétaire, mais n'aimait pas être sous le feu des projecteurs. Reg eut vite fait de prendre la mesure de ce jeune baronnet qui présentait bien, et lui proposa de lui offrir à boire et à manger aux frais de la maison, en échange de sa simple présence au club pendant quelques heures, trois ou quatre soirs par semaine.

Car Reg aimait à se décrire, avec un brin de lyrisme et une touchante ignorance des règles du bon usage des métaphores[1], comme « un diamant brut, éduqué à la grande université de la vie ». Pour obtenir la licence de jeu de son établissement, il avait persuadé une poignée de vieilles badernes respectables et, pour la plupart,

1. C'est une faute de style grave, en anglais, de « mélanger ses métaphores », comme ici (à savoir qu'un diamant doit être taillé et non « éduqué »). (*N.d.T.*)

fort défraîchies, de siéger au conseil d'administration, mais il se rendait parfaitement compte qu'il lui fallait aussi un homme de premier ordre pour représenter le club. Et il reconnut, en l'espace de quelques semaines, que sir Sebastian Prothero était cet homme-là. L'intéressé, lui, n'en douta pas non plus, pas plus à ce moment-là que par la suite.

Séduisant, suave et d'une parfaite élégance, il se montrait spirituel et affable avec la clientèle masculine, charmant et courtois avec le sexe faible. Il avait appris à ses dépens l'importance de la discrétion et, quand une ou deux de ces dames lui faisaient comprendre qu'elles ne répugneraient pas à faire plus ample connaissance, il saisissait l'allusion avec un *savoir-faire** de plus en plus consommé. Les boutons de manchette de platine qu'il portait ce jour-là étaient un cadeau des débuts, offert par une Américaine reconnaissante ; quant à la montre extra-plate — une Patek Philippe — qu'il portait au poignet, il la devait à l'épouse du propriétaire d'une écurie de courses, qui avait cessé de s'ennuyer malgré les fréquentes absences de son mari.

Grâce à Prothero — Reg Cobb était suffisamment malin pour le reconnaître —, le *Club Mondial* devint rapidement bien plus que le rendez-vous des joueurs nantis. C'était un night-club, *l'endroit* à la mode où il fallait être vu, et donc un terrain de chasse de prédilection pour les échotiers. Si Prothero acceptait comme son dû le salaire substantiel que Reg Cobb lui versait maintenant, il aimait assez cultiver l'image d'une sorte de croisement entre un gigolo et un chargé de relations publiques, et ce longtemps après qu'il eut pris goût à des activités plus exigeantes et intéressantes.

Le traumatisme de l'expulsion du régiment des *Guards* fit la réussite de sir Sebastian Prothero. Il se découvrit des ressources intellectuelles insoupçonnées et la capacité de réfléchir avec détachement. Installé comme un coq en pâte au *Club Mondial*, il comprit que, s'il pouvait raisonnablement espérer continuer à bien vivre de son allure et de sa classe jusqu'à la quarantaine bien sonnée, un jour viendrait, inévitablement, où cela ne serait plus possible. D'où l'importance d'envisager d'autres solutions.

Le mariage en était une. Il y avait quantité de femmes prêtes à sauter sur l'occasion de devenir lady Prothero, cela va sans dire. L'ennui, c'est que celles qui avaient de l'argent devaient généralement cet heureux état de choses à un mari riche, et cesseraient d'en avoir si elles divorçaient. Les célibataires, quant à elles, étaient le plus souvent elles-mêmes à l'affût de la fortune, comme lui. Prothero n'aurait pas rechigné à épouser une fille d'aristocrate mais, malheureusement pour lui, on a la mémoire longue dans ce milieu-là, et l'on en savait trop sur son passé pour voir en lui un gendre acceptable. Cela dit, ça ne l'empêchait pas de dormir. D'autant que, finalement, le mariage serait une entrave à son style jeune célibataire et gênerait son autre carrière, tout à fait confidentielle. Une carrière qui avait démarré plus ou moins par accident, mais qui prenait présentement un tour des plus florissants.

Tout avait commencé quand un des échotiers qui s'étaient mis à fréquenter le club avait crûment dit à Prothero qu'il était en mesure de payer des sommes intéressantes en échange des menus scandales, intéressants pour la presse, qu'il serait disposé à lui communiquer.

— Votre anonymat serait absolument garanti, mon cher. On a une déontologie, nous autres journalistes, vous savez. On protège nos sources. On ne s'intéresse qu'aux exclusivités, ça va sans dire. Un métier impitoyable, ça.

Prothero, qui en était venu à la conclusion que la plupart des gens qu'il côtoyait étaient plus bêtes que lui, fit charitablement remarquer au pisse-copie que, s'il voulait savoir qui couchait avec qui, il n'avait qu'à passer une demi-heure au club, n'importe quel soir, et user de ses yeux, de ses oreilles, et d'un brin d'imagination.

— J' vois ce que vous voulez dire, mon vieux, mais vous êtes là pratiquement tout le temps, n'est-ce pas ? Et, pour les gens, vous faites presque partie des meubles — sans vouloir vous offenser, mais vous voyez ce que je veux dire. Je parie qu'ils crachent toutes sortes de nouvelles croustillantes quand ils ont quelques verres dans le nez. À part ça, une photocopie de la liste de vos membres, ça vaudrait deux ou trois sous aussi. Surtout si elle était annotée par vos soins.

Le petit bonhomme visqueux avait raison, naturellement, mais il ne s'était pas attendu à la réaction de Prothero qui, lui ayant fait préciser ce qu'il entendait exactement par « deux ou trois sous », l'avait envoyé sur les roses avec un superbe numéro de l'honnête homme indigné.

Le malheureux journaliste avait eu raison sur un point : le boulot d'échotier est un métier impitoyable. Car c'est à l'un de ses rivaux que Prothero finit par refiler des tuyaux, un finaud qui travaillait pour un autre journal et qui était prêt, lui, à payer cinquante pour cent de plus que les « deux ou trois sous » proposés par le premier, pour enfoncer la concurrence. Cet excellent marché fut le début de rapports fort avantageux pour les deux parties. Prothero était en effet très bien placé pour transmettre d'étonnantes petites pépites d'information à son nouvel ami, qui put ainsi réussir ce qui passe pour des « scoops » dans son monde de clinquant.

Inspiré par le succès de ces accords, Prothero conclut aussi de son côté un marché tout aussi confidentiel avec un photographe, notoirement connu pour opérer à l'insu de ses sujets. Ce paparazzo avait pour spécialité de surprendre les personnalités et les célébrités dans des situations d'intimité qu'elles croyaient réservées à leurs yeux seuls. Prothero était souvent en mesure de lui donner un tuyau, quand il y avait de quoi se faire un beau paquet de fric. L'intrépide photographe faisait ensuite le tour de la presse populaire anglaise avec les clichés les moins explicites. Les plus osés trouvaient souvent preneur sur le continent, dans les pages des magazines qui passent leur temps à annoncer le divorce imminent de la reine. Prothero aimait à penser que les vrais brûlots étaient généralement achetés par les sujets des photos, ou en leur nom. Et ce, pour des sommes coquettes.

Bref, on a pu le comprendre, sir Sebastian était devenu un réaliste. Et, en tant que tel, il était bien conscient, en ce jour de juillet à Carnaby Street, qu'il n'était pas seulement fournisseur de cancans et de scandales mais que, dans certains milieux, il était aussi lui-même l'objet des susdits. Il se doutait, à juste titre, que son nom était bien connu de certains officiers de police du commissariat central du West End, qui avaient pour tâche de garder un œil discret sur les établissements du genre du *Club Mondial*. Il aimait à penser qu'ils l'avaient sans doute étiqueté comme petit escroc méprisable, un arnaqueur aux belles manières qui entubait les femmes riches et les victimes faciles, un parasite qui empochait allégrement les pots-de-vin de ses comparses de Fleet Street[1]. Et il était ravi qu'ils

1. Rue de Londres où la plupart des journaux anglais ont leur siège. (*N.d.T.*)

eussent de lui une telle idée. Il y avait ainsi bien moins de chances qu'ils pensent à lui pour la série d'audacieux vols de bijoux qui mobilisaient actuellement les efforts de la police de plusieurs régions, sans parler de plusieurs compagnies d'assurances.

Car sir Sebastian Prothero était — à ses propres yeux, du moins — un cerveau du crime, proche de faire aboutir, ce jour-là, les plans qu'il avait mûris pour ce qui devait être, il en était sûr, son plus beau coup en date.

À un peu plus d'un kilomètre de Fleet Street, Mel Forby pesait ses mots avec plus de soin qu'elle le faisait d'ordinaire quand elle discutait avec le rédacteur en chef du *Daily Negative.* L'homme en question n'avait pas encore réussi à s'habituer à cette jeune femme qui, quand il l'avait connue à ses débuts, avait les yeux peints de manière intimidante et affectait un extraordinaire accent américain complètement bidon, avec un vocabulaire copié, pensait-il, des vieux films de série B et des histoires de détectives privés durs à cuire. Si Mel n'avait encore jamais débarqué dans son bureau en criant : « Réservez-moi cinq colonnes à la une ! », il avait vécu dans l'attente d'un tel moment. Jusqu'au jour où quelque chose l'avait transformée. Elle avait maintenant les yeux aussi luisants que ses cheveux étaient doux et sa silhouette voluptueuse ; elle avait un parler direct, avec une chaleureuse pointe d'accent de Liverpool — celui qu'elle s'était jadis donné tant de mal à camoufler.

Le rédacteur en chef s'était d'abord dit, comme presque tout le monde au bureau, qu'elle devait être amoureuse. Le hic de cette théorie, c'est que Mel ne donnait pas du tout l'impression de traverser la vie en flottant sur un petit nuage romantique. Au contraire :

elle était aussi forte, intelligente et pleine de ressources que jamais, et sa nouvelle image et ses manières la rendaient encore plus impressionnante, pas moins. Elle désarmait et intriguait ceux qui avaient affaire à elle, et ils ne se rendaient compte que par la suite — et, encore, pas toujours ! — qu'ils s'étaient frottés à un expert.

— Je ne comprends toujours pas, se plaignit le rédacteur. D'accord, vous avez couvert les histoires de chiffon, à vos débuts chez nous, et personne ne dit que vous n'avez pas fait un boulot formidable. Mais, maintenant, vous êtes reporter, avec votre propre chronique. Vous êtes payée beaucoup plus, vous pouvez écrire sur pratiquement tout ce qui vous chante (en particulier les crimes et délits). Sauf peut-être... Disons, par exemple, que Pete Morgan pèterait les plombs si vous demandiez à couvrir la finale de la Coupe de football à sa place, et que Jason Lombard aurait une attaque si vous tentiez de faire une OPA sur ses pages financières. Ça n'a donc rien de surprenant que Sue soit folle de rage que vous vous soyez approprié cette ânerie de Cédric Benbow. Sue est votre *successeur*, rappelez-vous ! C'est elle qui écrit sur la mode, maintenant. Et, pendant que nous y sommes, je ne suis pas du tout ravi de votre façon de faire toute cette pub gratuite à *Mode* dans vos articles, ces derniers temps. Je sais que c'est loin d'être un concurrent, mais vous avez des actions chez eux, ou quoi ?

Mel se sentit rougir et espéra que ça ne se voyait pas.

— Bien sûr que non ! Je suis désolée que Sue soit fâchée et je regrette qu'elle ne m'en ait pas parlé. Je suis sûre que j'aurais pu lui faire comprendre que c'est d'art qu'on parle là, pas de mode. Et le *Negative* n'a pas de correspondant artistique. De toute façon, le concours de la Femme Lalique est terminé, la fille a été sélectionnée, et il y a trop longtemps que je remets les vacances que vous m'avez promises. Alors, je pars demain. Comme ça, je ne serai plus là pour énerver Sue. D'ici mon retour, elle aura eu le temps de se calmer et, dorénavant, je ferai bien attention de ne plus empiéter sur ses plates-bandes, je vous le promets.

Le rédacteur en chef aimait son travail, sauf quand il fallait arbitrer des querelles intestines.

— C'est bon. Laissez-moi une adresse où vous joindre. Vous partez à l'étranger ?

— Non, dit Mel gentiment. Je pense juste passer quelques jours dans le Kent.

Le rédacteur lui lança un regard lourd de soupçons :

— Le Kent ? Vous n'auriez pas par hasard eu des tuyaux sur les faits et gestes du Pébroque vengeur, non ?

— Miss Seeton ? Non, pas un mot. Mais, je vous demande un peu : est-ce que je garderais une information juteuse pour moi toute seule, hein ?

— Et merde, et comment donc ! Allez, filez, Mel ! Je sens que mon indigestion s'aggrave. Et reprenez contact dès qu'elle bougera le petit doigt !

CHAPITRE IV

Wendy Smith était aux Bermudes, assise au bord d'une piscine avec un mec vraiment sensass — le genre homme mûr, grisonnant aux tempes. Elle sirotait un daïquiri quand la cloche[1] d'une voiture de pompier, assez lointaine, mais qui se rapprochait, se mua en sonnerie stridente : le réveil ! Elle l'avait acheté huit ou neuf mois plus tôt, au prix spécial réservé aux employés du Woolworth's[2] de Holloway Road, et bien que l'objet n'eût guère de valeur intrinsèque, c'était le plus important de ses biens. Wendy avait dix-neuf ans, bientôt vingt, et le sommeil profond. Trop profond, comme elle ne tarda pas à s'en apercevoir après avoir sauté le pas, à savoir bravé la scène tumultueuse de son père, les reproches larmoyants de sa mère, le silence blessé et sidéré de son petit frère Terry quand elle quitta définitivement le HLM familial, près de Shepherd's Bush, pour aller s'installer avec June, sa meilleure copine.

1. Les anciennes voitures de pompier anglaises et américaines avaient des cloches comme avertisseurs. (*N.d.T.*)

2. Chaîne de magasins bon marché, genre Monoprix. (*N.d.T.*)

June faisait ses études d'infirmière au Royal Northern Hospital, mais faut dire qu'elle avait toujours été douée à l'école. Tout en l'admirant beaucoup, Wendy préférait ne rien savoir des trucs dégoûtants qu'imposait l'exercice de la profession qu'elle avait embrassée. N'empêche qu'elle sauta sur l'occasion de partager l'appartement qui se trouvait juste à côté de Seven Sisters Road, à dix minutes à pied du Northern et un peu plus près, même, d'un Woolworth's. June ayant trouvé l'appartement grâce aux bons offices de la dame chargée de loger les infirmières de l'hôpital, elle était théoriquement tenue de remplacer son ancienne collègue, qui était partie, par une nouvelle, mais, flûte ! s'était-elle dit en proposant la chambre à Wendy.

Wendy avait trouvé l'idée formidable et, à part la scène avec ses parents et le fait que maman n'était plus là pour la réveiller le matin, elle était toujours ravie. Comme elle avait travaillé au Woolworth's de Hammersmith depuis qu'elle avait quitté le lycée, Mr. Turnbull avait très gentiment organisé les choses pour la faire transférer presque immédiatement à la succursale de Holloway Road, qui était plus grande. L'appartement en sous-sol que les filles partageaient dans une maison victorienne fort humide n'avait pas exactement la classe, mais Wendy et June avaient chacune leur chambre, la cuisine était assez grande pour pouvoir s'y asseoir, et elles avaient leur petite salle de bains et toilettes bien à elles, et même leur entrée séparée.

À tâtons, la main de Wendy finit par trouver le réveil et mit fin au vacarme. Encore à moitié endormie, elle fut un instant tentée de se retourner de l'autre côté pour savourer un autre daïquiri aux Bermudes. Elle n'y était jamais allée, n'avait jamais goûté cette boisson-là et, à vrai dire, n'était guère attirée par les hommes mûrs, mais, pourtant, ç'avait été un rêve génial, non ! Quelques secondes plus tard, elle reprenait entièrement ses esprits, consciente que la réalité était vachement plus terrible que ce vieux rêve débile, et elle resta une minute ou deux couchée, tout à fait réveillée, se serrant elle-même dans ses bras tant elle était folle de joie. Ça se pouvait vraiment ? C'était vraiment vrai ? Eh oui, c'était vraiment vrai, et réellement réel ! Sacré vieux Harry ! Ouah !

S'étant rendu compte qu'en fait l'idée de se lever la bottait drôlement, Wendy sortit du lit en *baby-doll*[1] et sauta à cloche-pied jusque dans la cuisine. D'habitude, il y avait des corn-flakes, mais June avait dû les engloutir avant de se coucher. On ne pouvait pas lui en vouloir, non ; ça doit être l'enfer de bosser la nuit ! Et il restait un Weetabix dans la boîte et un demi-carton de jus d'orange dans le petit frigo. Elle les avala, tout en déplaçant les petites culottes et les collants de June et les siens qui séchaient là, et en se faisant couler un grand bain, avec un somptueux mépris pour leur future note de gaz. Notes de gaz ? C'est bon pour les élèves infirmières et les vendeuses de chez Woolworth's de s'inquiéter de leurs notes de gaz, mais Wendy ne travaillait plus au magasin, non ? Depuis deux semaines, deux fantastiques, incroyables semaines.

Wendy s'étendit dans la baignoire et songea avec bonheur à son passé récent. Cela devait faire à peu près six mois qu'elle avait rencontré Harry Manning : c'était avant Noël, en fin d'après-midi, quand June et

1. Petit pyjama sexy, en vogue à la fin des années cinquante et au début des années soixante, composé d'un haut décolleté, sans manches, et d'une culotte courte, généralement en tissu diaphane et orné de dentelles et de rubans. (*N.d.T.*)

elle étaient allées aux soldes dans le West End. Elles étaient à Regent Street, en train de rigoler comme des folles à cause des drôles de fringues qu'elles avaient vues chez Dickins and Jones, quand un type tout habillé de cuir mode, un appareil photo impressionnant à la main, leur avait tiré le portrait et s'était mis à les baratiner.

Il prétendait être photographe free-lance, travaillant pour la presse, la haute société et la mode — ce qui les avait fait tordre de rire, toutes les deux, Wendy s'en souvenait. Mais Harry comprenait la plaisanterie et ça n'avait pas eu l'air de le déranger quand June avait répliqué qu'elle, elle était la cousine de la reine, tiens donc ! En fait, il avait encore pris plusieurs photos d'elles, ensemble et séparément, et ils s'étaient retrouvés tous les trois à manger du porc aigre-doux avec du riz et des légumes à la chinoise dans Gerrard Street. Là, Harry avait pêché dans son énorme sacoche un numéro de *Nova* bien fatigué et leur avait montré des photos de jeunes gens en tenue de soirée et au regard fixe. C'était lui qui avait pris ces photos, avait-il expliqué, à un bal donné au *Grosvenor House Hotel* et, cette fois, elles l'avaient cru.

Harry avait insisté pour régler l'addition et, avant de partir, il avait donné sa carte à Wendy et demandé leur numéro de téléphone, pour leur dire quand leur photo paraîtrait dans le journal (il avait bien dit « quand », elles avaient pensé « si »). Les filles n'avaient pas le téléphone et Mr. Christodoulou qui habitait le rez-de-chaussée, au-dessus de chez elles, leur avait fait clairement comprendre qu'il n'était pas là pour prendre des messages. June hésitait un peu à donner leur adresse à Harry, mais Wendy le fit quand même.

C'est June qui rentra à l'appartement un soir, quelques jours plus tard, en criant de joie et en brandissant un numéro de l'*Evening News* : il était ouvert à la page où deux jolies filles en bottes, en robes Laura Ashley sous leurs manteaux afghans fourrés, souriaient sur trois colonnes. La légende disait : AMBIANCE DE NOUVEL AN À REGENT STREET. Wendy fit un saut jusqu'à la cabine téléphonique qui était au bout de la rue et appela le numéro figurant sur la carte de Harry.

Il était sorti pour bosser, lui dit le type qui répondit au téléphone, et il rentrerait tard. Un message pour lui ? Oh, pas vraiment... Bon, peut-être juste que Wendy a appelé pour dire qu'on trouve que la photo de l'*Evening News* est vachement géniale, et merci beaucoup.

Inutile de dire que, le lendemain, la photo fit le tour du Woolworth's et du Royal Northern, et que les filles eurent droit à une avalanche de compliments envieux qui les ravirent. Et puis le soufflé retomba, jusqu'au jour où elles reçurent un petit mot de Harry Manning, le mardi suivant, disant qu'il leur devait un bon dîner : que pensaient-elles d'une petite bouffe italienne, vendredi, et merci de l'appeler entre six et sept mercredi. Dites donc, ça ne pousse pas sur les arbres, les repas gratuits, non ?

Elles se régalèrent du dîner et jugèrent Harry sympathique. Il avait l'air de connaître tous les gens à la mode et s'était un jour trouvé dans la même pièce que Julie Christie *et* Terence Stamp. Il avait aussi un after-shave sensass et il portait une autre veste de cuir qui avait dû lui coûter cinquante tickets au bas mot. *Et* il les raccompagna chez elles en taxi, assises entre elles deux, mais ne tenta rien — bah, un bras amicalement posé sur le dos de chacune et un petit bisou pour dire bonsoir, ça ne compte pas, non ?

N'empêche que June était fermement opposée à l'idée de Harry : il avait suggéré qu'elles pourraient se faire un peu d'argent, toujours utile, en posant à mi-temps pour des photos. Merci, mais *non* merci. Harry Manning était assez vieux — pensez, il devait aller sur ses trente ans, et il avait pas mal bourlingué ! —, ça se voyait. Des robes et des trucs pour un catalogue de vente par correspondance, hein ? Ouais, peut-être, au départ. Mais ensuite, ce sera les bikinis, et puis tes nichons tout partout dans *Men Only,* pour le plaisir d'un ramassis de vieux salauds en imper, et après — ah non, merci ! Mais tu fais comme tu veux, Wendy, je m'en bats l'œil.

Wendy sortit toute rose de la baignoire et tendit la main pour attraper sa serviette (à laquelle un petit saut à la laverie automatique du coin aurait fait le plus grand bien). Elle songea que June avait failli avoir raison, s'il n'y avait eu ce fantastique coup de bol. C'est sûr que, dans le petit studio encombré de Camden Town que Harry partageait avec son copain Kevin, il y avait des tas de, euh, de photos du genre à coller une crise cardiaque à sa mère. Le plus drôle, c'est qu'on s'habitue vite à les voir traîner, et qu'on en vient à se demander pourquoi les profs, les clergymen et la fameuse Mrs. Whitehouse[1] font tant de foin pour quelques paires de nichons et de fesses.

June n'était pas allée jusqu'à ajouter que le diable trouve de l'occupation aux mains oisives, mais il faut reconnaître qu'après quelques séances où Wendy avait posé avec des pulls et des jupes qui étaient peut-être le summum de la mode dans des bleds de province

1. Mary Whitehouse, fondatrice de l'Association nationale des auditeurs et téléspectateurs, s'illustra particulièrement dans les années soixante par ses campagnes visant à censurer la radio et la télévision pour la place excessive qu'elles accordaient au sexe et à la violence. (*N.d.T.*)

mais que, personnellement, elle n'aurait voulu porter pour rien au monde (plutôt mourir !), d'autres possibilités s'étaient offertes à elle.

Ou, plus exactement, c'est Lynn qui les lui avait suggérées. Wendy l'avait rencontrée un jour, au studio bien équipé que Harry louait pour les photos de mode de ce qu'il surnommait ses « légumes festifs », à savoir les cardigans, les liseuses et autres vêtements du même type qu'il photographiait pour *Woman's Weekly*. Deux de ses clichés avaient un jour illustré un article intitulé « Couture audacieuse », à côté d'un autre qui s'appelait : « Un dîner de fête n'a pas besoin de coûter une fortune », et dont le menu incluait un plat au doux nom de « légumes festifs » qui avait plu à Harry.

Lynn, qui posait pour de la lingerie, ce jour-là, avait dit à Wendy combien elle était payée pour ça — bien plus qu'elle. Et puis, il y avait eu un problème d'éclairage au cours de la séance et, pendant que les filles attendaient, sans rien d'autre à faire que de bavarder, il s'était avéré que Lynn posait aussi pour des photos « de charme », et, tu sais, des clichés sexy qui rapportent encore plus. Wendy se rappela qu'elle avait longuement remâché ce que Lynn lui avait raconté avant d'aborder le sujet avec Harry, qui l'avait regardée avec un certain étonnement, et qui avait hésité avant de répondre. Puis il avait haussé les épaules et lui avait dit qu'à son avis elle ferait mieux de rester dans les photos de mode, mais que, si ça lui faisait plaisir, il n'y avait rien de mal à réaliser quelques clichés de charme vite faits, pour voir ce que ça donnait.

Assise en sous-vêtements devant le miroir de sa coiffeuse, en train de se maquiller, Wendy se souvenait à quel point elle s'était sentie gênée, ce jour-là, dans le petit studio de Harry. C'était suffisamment embarrassant de poser en bikini, les bras croisés pour faire ressortir la poitrine, mais elle faillit prendre ses jambes à son cou quand il fallut se montrer avec les accessoires sexy qu'elle avait elle-même achetés chez Weiss, dans Shaftesbury Avenue. Pourtant, Lynn lui avait paru sympa et gaie, le genre de fille avec qui on irait volontiers au cinéma; alors, Wendy s'était dit que si Lynn pouvait le faire, *elle* aussi, elle pourrait. De sorte que lorsque Harry, détaché et professionnel, lui avait dit d'enlever son soutien-gorge vaporeux, elle avait obtempéré, exhibant fièrement ses avantages, et faisant même la moue sur commande.

Quel ne fut donc pas son soulagement le jour où elle repassa à Camden Town chez Harry : après lui avoir tendu un jeu de photos qui l'horrifièrent, il hocha la tête et lui conseilla de laisser tomber.

— Tu as vachement plus de rondeurs que Twiggy, ma belle, et si tu es vraiment fauchée et prête à faire n'importe quoi, il y a plein de gros dégueulasses qui seront prêts à payer cher pour que tu poses pour du porno. Mais, avec ton minois, tu peux viser le haut de gamme. Des photos de mode, peut-être des nus artistiques, un jour; des trucs de classe, dans le style David Bailey, tu sais, mais pas ce genre de machin. Tu apprends vite. Dans quelques mois, tu seras trop bien pour les « légumes festifs », alors accroche-toi, et attends ta chance. Elle va venir.

Et elle était bel et bien venue, grâce à ce bon vieux Harry, qui avait appris la nouvelle par le bouche à oreille, bien avant qu'elle ne fût de notoriété publique : Cédric Benbow avait accepté de faire les photos d'un article pour un des grands magazines de luxe, et les gars de la pub avaient imaginé l'idée d'un concours national pour trouver « le Visage, la fille que Cédric en personne choisirait comme modèle et parerait de splendides vêtements et de bijoux sans prix ».

Ce n'était qu'un début... C'est Harry et une de ses amies, Mel, qui l'avaient aidée pendant la phase préliminaire. Mel, qui était elle-même plutôt baisable, ne se conduisait pas comme si elle était la nana de Harry. Peut-être bien que si, mais peut-être bien que non. Journaliste au *Daily Negative*, elle avait demandé qu'on passe ça sous silence. C'était Mel qui avait trouvé tous les renseignements sur ce fameux mec Lalique et qui avait déniché des photos de ses trucs. Il y avait des machins bizarres — des broches gigantesques qui ressemblaient à des araignées, à des lézards ou autre chose dans ce goût-là —, mais aussi des pendants et des bracelets géniaux, et des trucs qu'on aurait eu bien du mal à décrire. Mais tout de même sensass, quoi ! Mel avait aussi réussi à mettre la main sur des photos du genre de femmes qui portent ces bijoux, et sur des cartes postales de tableaux, qui ressemblaient à des pubs de magazines de mode, en bien plus vieux. Lady Machin et la princesse de Trucmuche. Des actrices, aussi : Sarah Quelquechose et Lillie Langtry, celle qui s'envoyait en l'air avec le roi, avait raconté Harry. Et une nana couchée sur une pile de peaux de tigre, à poil, à part cinquante bracelets aux bras et aux jambes, et assez de chaînettes et de colliers pour ouvrir une boutique. Dingue !

Wendy avait bien rigolé en regardant ces pin-up démodées et avait hoché la tête d'un air incrédule. Harry, lui, avait délicatement pris le menton de Wendy d'une main et lui avait fait redresser le visage, échangeant alors un regard avec Mel, qui avait confirmé d'un signe de tête.

Ça avait coûté la peau des fesses pour transformer sa coiffure dans un salon chic de Mayfair, mais le maquillage avait été élaboré par étapes, jusqu'à ce que Mel fût satisfaite. Le plus difficile avait été d'arriver à trouver l'expression juste. Certes, Harry avait déjà appris à Wendy à afficher sur commande un air snob, mais les femmes des tableaux que Mel lui avait montrés faisaient un peu tartes et sentimentales, comme si elles étaient en train de composer un poème parlant de rossignols, ou un truc dans ce goût-là. June, qui avait été vraiment fantastique pendant tout cet épisode, et pas du tout jalouse, hurlait de rire quand Wendy pratiquait son expression de poisson mort d'amour.

Quoi qu'il en soit, ça avait marché. Harry avait dû prendre des centaines de photos, à partir desquelles il avait composé un *book* qui avait laissé Wendy sans voix. Mel aussi s'était déclarée satisfaite et avait remarqué qu'il serait bon que Wendy prît un nouveau nom, pour aller avec sa nouvelle image. Celui sur lequel ils s'étaient mis d'accord avait dû plaire aux juges des éliminatoires du concours, car Wendy avait passé les deux premiers et s'était retrouvée parmi les finalistes. C'est ainsi que, le grand jour venu, Wendy Smith, vendeuse chez Woolworth's, se retrouva — les jambes en coton — en présence du grand Cédric Benbow. Mais elle n'était plus Wendy Smith quand, plus tard, elle fit face à toute la bande de photographes, dont ce cher vieux Harry qui souriait aux anges, et quand elle se vit ensuite en photo dans certains journaux et hebdomadaires féminins.

Elle était devenue la femme dont le reflet la regardait maintenant, dans la glace fendue de sa coiffeuse du petit appartement minable, près de Seven Sisters Road. La femme qui allait bientôt quitter les lieux pour aller passer les deux semaines suivantes dans un hôtel incroyablement chic, aux frais de *Mode,* et qui pourrait bien, si tout marchait selon les prévisions d'Harry, n'y revenir que le temps nécessaire pour se trouver un bel appartement élégant et déménager. Pour habiter Mayfair, peut-être.

Oui, elle se sentait prête. La nouvelle robe lui allait comme un rêve et, tiens, voilà — un bref coup d'œil dehors le confirma —, ça devait être la voiture de location qui se garait là, dehors. Ça alors ! Wendy Smith ouvrit prestement la porte de l'appartement du sous-sol, mais ce fut Marigold Naseby qui monta les marches sur un petit nuage, et gagna la rue.

Un peu moins d'une demi-heure plus tard, ce matin-là, tandis que Marigold Naseby franchissait les portes du *Dorchester* avec la superbe légèreté d'une pâle apparition, comme si elle eût fait cela toute sa vie, Miss Emily Seeton arrivait au petit chemin et à la haie d'aubépine parfaitement taillée qui bordait l'extrémité nord-est du parc de Rytham Hall. Elle allait rendre visite à lady Colveden. Qui lui avait fixé rendez-vous, naturellement, bien que cette chère lady eût pris soin d'indiquer qu'il n'y avait pas d'heure impérative.

— Oh, n'importe quand, n'importe quand. Disons, vers les onze heures ? Quand vous serez prête pour un petit café. Je serai juste en train de bricoler, vous savez. D'étêter les fleurs fanées, s'il fait encore beau. Et comme George sera à Ashford, à rendre justice, on ne l'aura pas dans les pattes et on pourra tailler une bonne petite bavette. Il y a une éternité que je ne suis pas allée à une de ces fêtes au palais, mais elles vous restent malgré tout à l'esprit. Je vois encore la vieille Tilly Trumpingham avec sa robe insensée, en train de tenir la jambe à un évêque quelconque, *puant* l'anti-mite. Tilly, je veux dire, qui puait, pas l'évêque, bien que je ne pense pas qu'il ait remarqué. Il a probablement pris ça pour une odeur d'encens. Je ne crois pas que le cérémonial ait beaucoup changé en quelques années, alors je suppose que je pourrai vous donner une idée assez claire de la manière dont ça se passe. Ah, ça va être amusant d'y aller tous les trois...

Bon, lady Colveden avait dit vers les onze heures ; eh bien, ce serait onze heures un quart. Rytham Hall étant à bien moins de deux kilomètres de *Sweetbriars*, il ne faudrait même pas une demi-heure de marche par un beau temps comme ça, mais Miss Seeton s'était prudemment alloué quarante-cinq minutes, pour pouvoir s'arrêter de temps en temps, si d'aventure il y avait un oiseau ou une fleur à admirer en chemin. Elle se sentait encore un peu intimidée à l'idée de se rendre à une garden-party à Buckingham Palace, mais la campagne du Kent en juillet vaut tous les tranquillisants du monde.

Naturellement, Miss Nuttel et Mrs. Blaine l'avaient vue partir et la lenteur de son pas leur donna amplement le temps de la suivre sans la perdre de vue, tout en prenant soin de rester elles-mêmes à couvert — enfin, la plupart du temps. Elles nourrissaient encore des soupçons à propos de l'enveloppe frappée des armes royales au dos, et elles en avaient abondamment discuté, s'accordant à penser que la seule chose à faire était de garder un œil sur les faits et gestes de « cette bonne femme », tant que le mystère n'aurait pas été éclairci de façon satisfaisante.

Miss Seeton avait pris à droite, pour s'engager dans le petit chemin, et s'approchait du virage suivant, à une centaine de mètres du portail de Rytham Hall et de la loge, quand elle aperçut un pied qui dépassait de la haie, à quelques mètres devant elle. À cheval sur l'exactitude, Miss Seeton rectifia aussitôt : une chaussure, pour être tout à fait précis, bien qu'on pût supposer, du fait que la cheville était visible, que le pied était « sous-entendu », comme eût pu l'expliquer son professeur de latin, plus d'un demi-siècle auparavant.

Miss Seeton resta plantée là et vit apparaître une deuxième chaussure — elle aussi munie d'une cheville. Des souliers de bonne qualité, ça se voyait tout de suite, et tout à fait convenables pour la campagne, bien que sûrement pas assez robustes pour aller crapahuter dans les haies. Bientôt, les jambes du propriétaire des chaussures apparurent à leur tour, vêtues d'un pantalon fauve en twill de cavalerie qui aurait sans doute besoin d'être nettoyé à l'éponge et repassé — sinon porté au teinturier —, après la rude épreuve à laquelle il était soumis.

Pourquoi un monsieur bien habillé aurait-il envie d'emprunter une voie si compliquée pour sortir des jardins de Rytham Hall — à cet endroit précis, qui plus est —, alors qu'il y avait une excellente allée un peu plus loin ? Miss Seeton n'arrivait pas à se l'imaginer. Cependant, ne voulant pas gêner, elle s'apprêtait à continuer son chemin. Or, c'est alors que la silhouette étendue à terre émit un son bizarre, entre un juron étouffé et un grognement douloureux, accompagné de battements de jambes désordonnés et suivi de l'apparition d'un bras et d'une main, écorchée et ensanglantée.

Inquiète, Miss Seeton fourra son parapluie sous son bras et s'approcha vivement de la victime, se baissant pour lui porter secours. Elle ne prononça que quelques mots : « Mon Dieu, mon Dieu, quelle vilaine écorchure ! Permettez-moi de vous aider ! », mais ils eurent un effet spectaculaire. Avec un violent effort et un cri pitoyable, l'homme émergea de la haie en marche arrière, avec la force d'un boulet de canon, et tourna la tête si violemment qu'il faillit s'empaler sur la pointe métallique du parapluie qui, de fait, alla se loger entre son col et son nœud de cravate. Miss Seeton eut beau s'évertuer à retirer son pépin, elle ne parvint pendant plusieurs secondes qu'à produire un effet de tourniquet : alarmée, elle vit l'homme se débattre désespérément tandis que le sang lui montait au visage et que les yeux lui sortaient de la tête d'une manière inquiétante. Au terme de ce qui parut un très long moment, il réussit à lui arracher le parapluie et à s'en libérer, après quoi il resta allongé à terre quelques instants, tremblant comme une feuille.

Les Cinglées, horrifiées, avaient observé la scène à distance respectable, Mrs. Blaine s'accrochant au bras de Miss Nuttel, par précaution.

— Il est mort, tu crois ? fit-elle d'une voix mal assurée.

Miss Nuttel ne répondit pas tout de suite, plissant les yeux pour scruter la silhouette couchée sur laquelle se penchait Miss Seeton.

— Pas tout à fait, on dirait. Je peux voir le pauvre homme agité de tremblements, déclara-t-elle enfin.

— Oh, *Eric* ! Les douleurs de l'agonie ?

— Probablement. De ma vie, je n'ai vu d'attaque aussi gratuite et violente, pas même à la télévision !

— On ne devrait pas aller essayer de le sauver ?

— Hors de question, Bunny. Primo, la médecine ne peut sûrement plus grand-chose pour lui et, deuzio, c'est de la folie pure de s'approcher d'une tueuse enragée. N'importe quel policier te le dira... Oh... Il se relève ! remarqua-t-elle, comme à regret.

— Oh ! souffla Mrs. Blaine qui semblait le regretter un peu, elle aussi. Qu'allons-nous faire ?

— Rentrer droit au village, bien sûr. Trouver l'agent Potter et lui signaler une tentative de meurtre. C'est un imbécile, mais on devrait pouvoir lui faire saisir la gravité de la situation... même à lui.

CHAPITRE V

— Oh, le pauvre *type* ! s'exclama lady Colveden. Il devait en avoir terriblement gros sur la patate.

— Je crains fort que oui, en effet.

— Pas étonnant que vous ayez l'air un peu bouleversée. Encore un peu de café ?

— Peut-être bien, étant donné les circonstances. Alors, juste une *demi*-tasse, merci beaucoup.

— Hum, Miss Seeton, je ne voudrais pas être indiscrète, mais pourquoi aviez-vous pris votre parapluie ? Il n'y a pas un nuage dans le ciel...

Elles étaient assises dans la véranda et lady Colveden regardait pensivement la pelouse inondée de soleil.

— Savez-vous, c'est exactement la remarque que m'a faite le monsieur ! Quand il a eu un peu récupéré, c'est-à-dire. Et qu'il s'est enveloppé la main dans un mouchoir propre. Je lui ai expliqué que je ne sors jamais sans... Allez savoir ce qui peut arriver... ça me serait impossible. On ne sait jamais... Et puis, c'est celui que Mr. Delphick m'a donné pour remplacer... naturellement, je n'ai pas raconté ça au monsieur...

Miss Seeton laissa mourir la fin de la phrase, et une légère rougeur lui monta aux joues quand elle repensa aux circonstances dans lesquelles le prédécesseur du présent parapluie avait été irrémédiablement cassé.

— Ah, que voulez-vous, les ornithologues amateurs vivent dans un monde à eux, mais, de toute façon, c'est bien fait pour lui. Parce que au fond il y avait violation de domaine privé. Un homme plutôt jeune, dites-vous ?

— Oui, et si élégant et soigné ! Tout au moins, au départ, je suppose... Quand il a pu se relever et recommencer à respirer normalement, sans ce terrible sifflement, il a dit que ça allait, que le tweed était résistant aux ronces. Il s'exprimait très poliment, malgré tout. Mais je crains bien que ça ne l'était pas, vous savez. Résistant aux ronces, je veux dire. Une de ses manches était déchirée en deux endroits, mais les spécialistes du raccommodage invisible sont très habiles, n'est-ce pas ? Il pourra peut-être la faire réparer, sa veste. Au moins, ses jumelles étaient intactes, et je suppose que c'est plus important pour lui que l'état de ses vêtements. Et il avait les cheveux qui ondulaient naturellement.

Habituée aux coq-à-l'âne de sa visiteuse, lady Colveden remit fermement la conversation sur ses rails.

— Et, finalement, il s'est calmé ?

Miss Seeton soupira.

— Eh bien, *apparemment,* oui. Ça a dû être un grand choc pour son système, évidemment, et ça n'a donc rien d'étonnant qu'il ait décidé d'aller ailleurs, guetter les oiseaux. Je ne comprends pas où sa voiture pouvait être garée sans que je l'aie vue, parce qu'il est parti au galop dans la direction d'où je venais et, en un rien de temps, il m'a dépassée, à une vitesse qui, je dois dire, m'a paru excessive. Je lui ai adressé un signe dans l'espoir qu'il ne m'ait pas gardé de rancune, mais il ne l'a probablement pas remarqué. En tout cas, j'espère que c'était ça la raison parce que, moi, évidemment, j'avais juste eu l'intention de l'aider, et c'est tout à fait par hasard que j'avais remarqué ses pieds.

Ses chaussures, plutôt. Alors, j'en suis arrivée à la conclusion qu'il se dépêchait de trouver une pharmacie. Tout à fait inutile, d'ailleurs, car je lui ai indiqué, pendant qu'il se remettait, que la clinique du Dr Wright était toute proche et que Mrs. Stillwell, à la poste, a toujours de la teinture d'iode, de la gaze et du sparadrap.

— Qu'importe. Tout est bien qui finit bien, comme dirait sans doute George s'il était là. Je crois que Nigel est quelque part dans le coin, à traîner dans les pattes de l'équipe du magazine. Toute une *flopée* de gens, et qui vont être là pendant des siècles, tout ça pour que Cédric Benbow puisse parader tranquillement et prendre deux ou trois photos ! Nigel sera ravi de vous ramener à la maison quand nous aurons fini de régler le détail de nos préparatifs, pour la réception de jeudi en huit, à Buckingham. À moins que j'arrive à vous persuader de rester déjeuner ?

— Très aimable de votre part mais, non, non merci. Et je ne suis pas sûre de pouvoir enregistrer ce que vous allez m'expliquer ce matin, vu ce qui...

— Pensez-vous, ce n'est vraiment rien ! George a déjà décidé de louer une voiture avec chauffeur, donc nous partirons tous ensemble et, une fois installée dans l'auto, vous n'aurez plus qu'à prendre du bon temps. C'est en tout cas ce que nous avons l'intention de faire, George et moi : d'après ce que j'ai cru comprendre, la maison, ici, va être un véritable asile de fous, cette semaine-là. Bon, en ce qui concerne les chapeaux, celui que vous portez aujourd'hui conviendra fort bien.

— Vraiment ? Je m'étais dit qu'il m'en faudrait peut-être un neuf, dans le même style. C'est intéressant, vous savez, il s'appelait Clive, du temps où je l'ai connu.

— C'est comme vous voudrez. Et des gants blancs, naturellement. Qui donc s'appelait Clive ?

— Cédric Bennett. Je veux dire, Benbow. Cédric Benbow s'appelait Clive Bennett. Aux Beaux-Arts.

— Pourquoi ?

Miss Seeton cligna des yeux :

— Pardonnez-moi, mais je ne... ?

— Pourquoi s'appelait-il Cyril Bennett ?

— Il ne s'appelait pas Cyril Bennett, mais *Clive* Bennett. Parce que... euh, c'était son nom, voyez-vous. Il avait de l'acné.

— Quel drôle de type ! Je pourrais comprendre qu'il ait eu envie d'essayer la crème Germolene ou autre chose, mais je ne vois pas ce que peut faire un changement de nom, ça me dépasse ! Bon, nous ferions mieux de revenir à nos moutons. Buckingham Palace. Autant que je m'en souvienne, il y a toujours une telle foule qu'ils prévoient généralement deux ou trois voies d'accès aux jardins. Nous devrions recevoir nos billets d'ici un jour ou deux, indiquant par quelle porte notre chauffeur devra entrer. Une fois à l'intérieur, il n'y a plus qu'à se balader, à admirer les fleurs, à regarder si on aperçoit des connaissances ou si on repère une célébrité, à écouter l'orchestre, à se diriger vers la grande tente et à déguster les délicieux *petits fours** qu'on vous y offre.

— Mais... mais, et *Elle* ? Est-ce qu'on voit, vous savez... Sa Majesté ?

— Oh, Seigneur, non, pas la moindre chance ! À moins que vous ayez envie de passer le plus clair de votre après-midi à jouer des coudes dans une mêlée de rugby ! Avec un peu de chance, vous risquez de *l'apercevoir*, de loin. Ou bien un ou deux membres de la famille royale qui circulent parmi la foule. Oh, mon Dieu, j'espère que vous n'êtes pas déçue !

— Non, non, pas du tout. Au contraire. C'était ça qui m'inquiétait le plus, voyez-vous, je n'ai pas la moindre idée de ce qu'on est censé dire...

— Bon, remarquez, je ne dis pas que ce soit *impossible* mais, si jamais ça arrivait, par le plus grand des hasards, le temps que vous fassiez la révérence et que vous disiez : « En effet, madame, quel temps délicieux ! », ce serait déjà fini.

— Vraiment ? Ah, ça, *c'est* un soulagement, je vous assure.

— Oh, regardez, voilà Nigel. Que j'aimerais qu'il n'ait pas toujours l'air sur le point de faire irruption par les portes-fenêtres pour proposer une partie de tennis à la ronde ! Enfin, je devrais m'estimer heureuse, sûrement.

— Oui, je le crois vraiment, lady Colveden, déclara Miss Seeton avec conviction. Et fière, aussi, si je peux me permettre. Nigel est un jeune homme galant, courtois et plein d'égards.

Lady Colveden sourit à son interlocutrice :

— Merci, c'est un très gentil compliment, répondit-elle avec un sourire bientôt assorti d'un air conspirateur. Et un cœur d'artichaut, auriez-vous pu ajouter. Il vous a parlé de Marigold ?

— Mais oui, justement. J'ai cru comprendre qu'elle était très belle.

— Euh, votre ami Cédric Benbow, ou je ne sais plus comment, le pense. Ainsi que des tas d'autres gens, on dirait. Je ne l'ai pas encore vue, mais on m'a montré des photos très bien faites. Je brûle d'envie de voir ce que ça donne en vrai.

Le commissaire Chris Brinton enleva ses lunettes, se frotta les yeux, remit ses bésicles, se cala dans son fauteuil et joignit les mains sur son ample poitrail.

— Aujourd'hui, pour le déjeuner j'ai mangé un sandwich tomate-jambon, euh, deux, et une pinte de panaché, parce qu'il faisait trop chaud. Une pinte, Foxon. Pas plus. Donc, je suis dans un état normal. Mais, bon sang, qu'est-ce *vous* avez donc pris, vous ?

— Poulet, frites et flageolets, monsieur. Avec du pain beurré, un milk-shake à la fraise et un flan.

— Mince alors ! Pas étonnant que vous ayez pété les plombs !

— Non, monsieur, à part des brûlures d'estomac, je jouis de toutes mes facultés — pour ce qu'elles sont. Je me suis contenté de vous rapporter mot à mot ce que Potter m'a dit quand il a appelé de Plummergen.

— Alors, c'est Potter qui a disjoncté !

— Plus vraisemblablement le couple infernal que les gens de là-bas ont surnommé les Cinglées, si vous voulez mon avis. Mrs. Blaine et Miss Nuttel. Ce sont elles qui ont signalé le présumé « incident ». Potter a sauté sur son vélo et s'est aussitôt rendu sur les lieux : inutile de dire qu'il n'y avait pas un chat sur la petite route.

— Tentative de *meurtre* ? Miss *Seeton* ?

— C'est ce qu'elles ont prétendu, monsieur. Une violente agression non provoquée, avec son parapluie, sur la personne d'un homme sans défense. Apparemment, elle s'était déjà débrouillée pour lui faire mordre la poussière avant que les Cinglées n'arrivent assez près pour voir ce qui se passait. Le type était là, à terre, et tentait de se protéger des coups. Alors elle l'a étranglé, mais n'a pas bien terminé le boulot car il a, paraît-il, semblé revenir à lui quand elles ont pris leurs jambes à leur cou pour aller informer Potter.

— Foxon ! Écoutez-moi. Miss Emily Seeton a, quoi, soixante et quelques années bien sonnées, non ? Elle doit peser entre quarante et quarante-cinq kilos, en comptant ses grosses chaussures de marche, je dirais. Et Scotland Yard lui verse des émoluments minuscules pour ses services d'expert et conseiller occasionnel. Eh bien, maintenant, c'est vous que je consulte, enquêteur Foxon. Pouvez-vous trouver une seule bonne raison de ne pas mettre en examen ces deux abruties de Blaine et Nuttel — deux vieilles pipelettes notoires —, pour avoir fait perdre son temps à la police ? Tout en mettant Miss Seeton au courant, en douce, pour qu'elle envisage de traîner ces vieilles peaux devant les tribunaux pour cause de diffamation, je veux dire ?

— Oui, m'sieur.

— Comment ça, vous en *voyez* une ? De raison valable ?

— Oui, m'sieur. Le parapluie, monsieur. Je vois d'ici les gros titres : UN NOUVEAU COUP DU PÉBROQUE VENGEUR !

Brinton retira de nouveau ses lunettes, se prit la tête dans les mains et gémit. Puis il leva les yeux, l'air las :

— Foxon, je vous déteste, mais il vous arrive d'avoir raison, le grand cric vous croque ! Miss S s'est débrouillée pour faire plus de dégâts en quelques années avec son satané pépin qu'un homme de deux fois sa taille ne pourrait en causer avec un bâton de dynamite !

— N'oubliez pas que c'est l'Orac... Mr. Delphick qui le lui a donné, monsieur. J'ai l'impression qu'il préfère ça au bâton de dynamite, comme version moderne d'Excalibur.

— Nul n'est parfait, Foxon, pas même le commissaire divisionnaire Delphick, et ne faites donc pas le crâneur ! Je vous en foutrais, des Excalibur ! Vous feriez mieux d'aller à Plummergen bavarder un peu avec Miss Emily D. Seeton. Dieu sait pourquoi, mais, apparemment, elle vous aime bien. Tâchez de savoir quel usage elle a fait de son parapluie ce matin — si usage il y a eu ! — et demandez-lui où elle a enterré le corps — si corps il y a. Oh, et puis passez chez le Dr Wright et voyez si Bob Ranger est déjà arrivé au village, voulez-vous ? L'Oracle lui a organisé un petit congé pour qu'il puisse faire un peu sa cour à sa future, et en profiter pour surveiller d'un œil discret ce cirque de la mode qu'il va y avoir là-bas. Mettez Ranger au courant quand vous le verrez. Juste au cas où la dernière victime du Pébroque vengeur tenterait de prendre sa revanche. Je me réserve le droit de pincer les Cinglées à une date ultérieure.

Sir Sebastian Prothero grimaça en s'efforçant de nouer correctement son nœud papillon mais n'arriva, en dépit de ses efforts, qu'à une piètre réplique du nœud parfait qui, d'ordinaire, mettait la dernière touche à son habit de soirée. Tout cela parce que, outre qu'il avait attrapé un méchant torticolis au cours de sa lutte désespérée pour se libérer du parapluie de Miss Seeton, il s'était également luxé l'épaule en s'extirpant de la haie d'aubépine. Grâce au ciel, son visage n'était pas abîmé. Les écorchures qui zébraient le dos de sa main étaient encore rouges et enflammées mais il pourrait, au besoin, expliquer qu'il avait été victime d'un chat colérique. Ça le brûlait terriblement, mais bien moins que sa blessure d'amour-propre.

L'idée d'avoir été physiquement terrassé et totalement démoralisé par une vieille toquée — qui n'avait même pas visé un tel résultat ! — était absolument humiliante, et il lui faudrait longtemps pour la chasser de ses pensées. Le plus exaspérant, c'est que sa petite virée à Plummergen, ce matin-là, s'annonçait si prometteuse, jusqu'au moment où l'arrivée soudaine de cette vieille dinde, débarquée de nulle part, l'avait fait sursauter, provoquant chez lui le geste qui lui avait été fatal.

Il avait des relations si nombreuses et variées que ç'avait été un jeu d'enfant pour lui de découvrir le jour choisi par les éclairagistes pour aller à Rytham Hall retrouver la rédactrice du magazine et le factotum de Cédric Benbow, afin d'examiner en détail les pièces décorées par William Morris et prévoir l'équipement nécessaire. Prothero avait eu l'intention de profiter du fait qu'un certain nombre de personnes, plus ou moins inconnues des Colveden, se baladeraient librement dans la propriété, pour procéder tranquillement à sa propre reconnaissance des lieux. Le pantalon en twill de cavalerie, la veste de chasse, la chemise à tout petits carreaux et la sobre cravate de laine constitueraient un camouflage suffisant : l'équipe de mode penserait qu'il était de la famille, qui croirait, elle, qu'il était là avec le magazine.

Si seulement il s'en était tenu à l'élégante simplicité de ce plan ! Un plan qui avait déjà eu différentes versions fort utiles par le passé, quand il projetait de cambrioler des maisons de campagne dont il savait que les propriétaires étaient absents. Avec ses vêtements sport, chers mais usagés, son authentique accent de la haute, avec des échos de Sandhurst[1], son charme et son aisance, légèrement teintée d'arrogance, il avait réussi à abuser plus d'une intendante gardant une demeure. Sans parler de jardiniers initialement méfiants, ou même d'un policier passant par hasard.

Enfer et damnation ! Après avoir laissé la voiture, invisible dans cette petite clairière idéale, de l'autre côté de la petite route, tout près du grand portail de Rytham Hall — ce qui était très commode —, il aurait

1. Célèbre école militaire. (*N.d.T.*)

dû se rendre directement au manoir, sans se cacher, sans vouloir jouer au plus fin et repérer le terrain à la jumelle avant d'y aller. Et ç'avait été quasiment folie de sa part de se fier à la totale absence de circulation sur la petite route et à un trou dans la haie, pour sortir en rampant et venir s'empaler sur le satané riflard ! La seule chose dont il pouvait être fier, c'était de n'avoir pas perdu la tête dans cette situation critique et d'avoir eu la présence d'esprit de justifier les jumelles en racontant qu'il observait les oiseaux.

De toute façon, la vieille taupe était visiblement gaga pour se balader avec un pépin par un jour pareil ; elle n'avait sans doute pas écouté. Trop occupée à parler de teinture d'iode et de clinique. Moins d'une minute plus tard, elle devait déjà se dire qu'elle avait rêvé toute cette histoire. Prothero respira profondément et se força à réfléchir avec calme. Ce n'était jamais qu'un petit revers tactique, rien de plus, qui n'affectait en rien sa stratégie d'ensemble. Même si sa nuque et son épaule lui faisaient un mal de chien.

Non sans peine, il regarda sa montre. Il s'apprêtait à hocher la tête quand il ressentit une douleur fulgurante dans le crâne, qui lui fit interrompre son geste. Reg Cobb l'avait prévenu au téléphone que la soirée promettait d'être animée, au club. On avait reçu un message annonçant qu'Omar Sharif risquait de passer et on aurait du pain sur la planche, si les paparazzi en avaient vent.

Prothero soupira. Franchement, ça ne l'aurait pas gêné de rester à la maison et de regarder la télévision — pour changer. Enfin, ce n'était pas comme si Peter O'Toole ou Oliver Reed devaient débarquer, et il réussirait probablement à s'éclipser peu après minuit.

Une bonne heure pour commencer à s'occuper de la fille.

CHAPITRE VI

Le train étant arrivé à Charing Cross, Nigel Colveden guida avec maestria sa compagne vers la station de taxi, devant la gare. Tout en se réjouissant infiniment de voir les bijoux Lalique, Miss Seeton ne pouvait s'empêcher d'éprouver le sentiment d'être un peu une intruse. Pourtant, ce n'était pas faute d'avoir remarqué à plusieurs reprises que, bien sûr, elle était ravie, mais que ç'aurait certes été plus agréable pour Nigel d'y aller avec une amie de son âge. Cependant, elle pouvait difficilement continuer à répéter la même chose sans arrêt, non... ?

— Ah, quelle chance, il prend le Mall, donc on va passer près du palais de St. James, n'est-ce pas ? Et en plus, il fait si beau, ce matin ! C'est vraiment si gentil de votre part de m'avoir invitée aujourd'hui, Nigel, bien que je ne puisse m'empêcher de penser que...

— Voyons, voyons, Miss Seeton, plus un mot là-dessus ! Ma mère a bien expliqué qu'elle devait présider un truc du Women's Institute[1] régional et,

1. Association féminine, devenue une vénérable institution, qui compte des groupes jusque dans les plus petits villages et permet aux femmes de se retrouver entre elles pour se cultiver, se divertir, élargir leurs horizons, s'entraider. (*N.d.T.*)

franchement, voyez-vous mon père dans une galerie de Bond Street, parmi la foule des critiques d'art et des journalistes de mode ?

— Euh, à vrai dire, non, mais puisque vos parents vous ont donné leurs invitations, sûrement qu'une de vos amies...

— Et je vous ai déjà dit que la seule personne au monde à qui je l'aurais proposé avant vous aurait été Marigold Naseby, et qu'elle sera là de toute façon, à grand renfort de publicité. Comme ça, vous pourrez m'expliquer Lalique *et moi*, je pourrai vous présenter Marigold.

— Ce sera très sympathique. Une famille du Northamptonshire, je suppose. Quel homme stupide que Charles Ier[1], mais il est vrai que la faiblesse et l'obstination vont souvent de pair, non ? Dites-moi, comment avez-vous rencontré Miss Naseby ?

— À l'occasion de la finale du concours. Il y a une éternité que le chef des services financiers de *Mode* a négocié avec mon père et que tout a été organisé pour qu'ils puissent se servir du manoir et des jardins comme décor pour leur article, mais je ne crois pas que mes parents aient bien compris ce que cela voudrait dire, le moment venu. Toujours est-il qu'à mon retour à la maison, le mois dernier, en fin de trimestre, Père m'a annoncé qu'il ne pouvait pas s'occuper de telles « vétilles » — c'est le mot qu'il a utilisé — et qu'il me laissait le soin de définir les conditions financières. Personnellement, j'ai trouvé ça très amusant. Bon, je vous ai déjà parlé de la finale du concours de la

1. Miss Seeton, qui a une culture historique, sait que c'est au village de Naseby, dans le Northamptonshire, que Cromwell, opposant du roi Charles Ier, remporta une victoire décisive sur les armées royales, en 1645. (*N.d.T.*)

Femme Lalique, dit Nigel qui s'arrangea pour qu'on entende les majuscules. Quand il n'en restait plus que six, les publicitaires ont dit qu'ils voulaient qu'elles soient toutes photographiées dans la même pièce, si possible. Je me suis donc mis d'accord avec eux sur le tarif, et je leur ai réservé la pièce un jour de plus.

Il sourit d'un air rêveur tandis que le taxi quittait Berkeley Square pour tourner dans Davies Street.

— Les filles sont arrivées ensemble en minibus et elles étaient toutes à tomber à la renverse, évidemment. Mais, après les avoir rencontrées une à une, il n'y avait plus de doute, en ce qui me concernait : Marigold est si, euh... si... Enfin, c'est elle que Cédric Benbow a choisie, non ? Ça alors, j'en reviens toujours pas que vous le connaissiez ! Dites donc, je viens de penser qu'il risque fort d'être là aussi, ce matin.

Ferencz Szabo n'était qu'un adolescent quand il avait débarqué en Angleterre, peu avant la guerre. Il s'était dit qu'autant que possible mieux vaudrait ne plus trop penser à sa ville natale de Debrecen. Manifestement, il allait devoir compter sur son astuce pour s'en tirer et, conscient que les Anglais avaient l'air de considérer toutes les personnes originaires d'Europe centrale avec le même mélange de sympathie crispée et de désapprobation soupçonneuse, il décida qu'il s'en tirerait sûrement mieux avec un nom anglais.

Ferencz Szabo était très facile à traduire : ça donnait Frank Taylor, un nom simple et sérieux, un patronyme de citoyen modèle. Il devint donc Frank Taylor et le resta longtemps. Il passa ses premiers mois à porter des meubles dans l'entrepôt de Harrods, au bord de la Tamise, et eut droit à toutes sortes de noms et de plaisanteries sur son anglais hésitant et son fort accent. Cependant, Ferencz était doué d'une nature généreuse, d'une excellente oreille et d'une vive intelligence et, quand vint le moment de s'enrôler dans l'armée, son anglais se distinguait à peine de celui de ses collègues de travail.

Simple soldat, puis sergent (par intérim) dans le Royal Army Service Corps, Frank Taylor ne connut pas la gloire militaire, mais il en profita pour enrichir considérablement son vocabulaire et maîtriser une gamme d'accents fort utiles. Il sut bientôt imiter à la perfection le dialecte de Birmingham ou de Liverpool, et le soir, au mess des sous-officiers, les hommes offraient souvent des bières à Frank pour l'entendre reproduire, avec une troublante fidélité, l'aboiement plein d'assurance des officiers de carrière possédant une affectation permanente, et les notes timides et inquiètes des voix des « officiers temporaires », tels les bois de l'orchestre. Il était un cadeau du ciel pour l'officier chargé d'organiser les distractions, qui l'enrôla dans la troupe de la compagnie, et ses imitations faisaient invariablement un tabac, le samedi soir, à la cantine des armées.

Quand Frank fut libéré, plusieurs mois après la guerre, il savait qu'il était taillé pour un meilleur avenir que de déplacer des meubles au dépôt de chez Harrods. Pour commencer, il en connaissait un rayon sur la façon d'écouler les surplus de l'armée. De sorte qu'en moins d'un an il avait si bien réussi — et en toute légalité — dans les ventes de grosses chaussures, d'outils, matériel de bureau et véhicules qu'il se retrouva avec assez d'argent pour passer à du bric-à-brac un peu plus chic : un magasin d'antiquaire à Chelsea.

Il resta là un certain temps, prenant plaisir à cultiver son flair pour la qualité, et étudiant assidûment les catalogues des ventes. Au fil des ans, son bon goût, son *savoir-faire** et son expérience croissante le firent immanquablement progresser vers le haut de gamme, jusqu'au jour où il put prendre une part dans une galerie de Bond Street pour, en fin de compte, racheter toute l'affaire au propriétaire.

Ce fut un grand jour pour lui, mais il y avait un petit problème : Frank Taylor, ce n'était pas un nom pour un marchand d'*objets d'art** rares et précieux, non ? Idéal pour gérer une quincaillerie ou un atelier de réparation de bicyclettes à East Acton, sans doute, mais guère dans le style de Bond Street. Ferencz Szabo, en revanche, convenait parfaitement. C'est ainsi que Frank Taylor disparut sur la pointe des pieds et que le seul patronyme de *Szabo* apparut en lettres d'or — en majuscules Perpetua, légèrement modifiées — sur le fond vert anglais de la façade de la galerie de Bond Street, qui exposait rarement plus d'un objet en devanture. Le nouveau propriétaire ayant depuis longtemps perdu son accent hongrois d'origine — un des nombreux accents à son répertoire —, il s'évertua à en faire une imitation honorable, ne manqua jamais de baiser la main de ses clientes et prospéra remarquablement.

S'il comptait nombre de réussites à son actif, le marché conclu avec le magazine *Mode* pour l'exposition des bijoux Lalique était la dernière en date et celle qui le satisfaisait le plus. C'est avec une justifiable fierté que Ferencz Szabo se tenait à l'entrée de sa galerie, à côté de la rédactrice en chef de *Mode*, pour accueillir les invités à cette inauguration, réservée à la presse.

La réception de la presse était donc destinée à produire un maximum de publicité. Elle devait commencer à onze heures — heure bien peu civilisée, aux yeux de Ferencz — afin que les journalistes de télévision et de la presse du soir puissent écrire leurs papiers à temps, mais le propriétaire de la galerie n'entendait cependant pas que cela dégénère en foire aux médias. Les jeunes femmes qui vérifiaient les invitations à la porte — qui serait fermée à onze heures un quart précises, les invités en avaient été avertis — avaient été choisies pour leur allure et leur classe, mais un énorme gardien en uniforme se tenait derrière elles pour décourager ceux qui tenteraient d'entrer sans invitation, pendant que des collègues tout aussi imposants, et en nombre, veillaient sur les trésors exposés. Ils étaient prêts à intervenir à tout moment, en cas de besoin.

La sécurité restait, naturellement, une préoccupation essentielle, bien que les propriétaires des objets aient exigé de la Galerie Szabo et du magazine qu'ils s'assurent pour des sommes colossales, sans compter celles qu'ils demandaient pour prêter les pièces — Ferencz préférait ne pas penser au montant... Mais, la publicité étant ce qu'ils recherchaient tous, ça réjouissait le cœur de Ferencz de voir la foule massée dehors pour regarder en s'interrogeant sur ce qui se passait là. Une équipe de télé avait déjà filmé la scène dans Bond Street, et le plaisir de Szabo était encore accru à l'idée que des millions de téléspectateurs allaient voir sa galerie et la discrète élégance de sa façade.

Les journalistes de mode, les critiques d'art et la poignée d'experts du Victoria and Albert et d'autres musées avaient été prévenus : leur invitation était strictement personnelle, et Cédric Benbow avait lui-même trié sur le volet les rares photographes qui pourraient être présents. De telles dispositions ne manqueraient pas d'attiser l'envie et l'esprit de concurrence des exclus — c'était quasiment garanti —, et cela ne pourrait donner que d'excellents résultats sur le plan de la publicité.

La rédactrice de *Mode* avait cependant tenu à ce qu'on fît une exception — regrettable ! — pour sir

George et lady Colveden qui avaient accepté l'invitation, mais s'étaient fait représenter par leur fils Nigel et une certaine Miss Emily D. Seeton. Mieux valait ne pas froisser les Colveden à ce stade de l'affaire, avait dit la rédactrice — ç'avait déjà été suffisamment compliqué et épuisant de s'entendre avec sir George pour utiliser Rytham Hall pendant une semaine de prises de vue ! De toute façon, avait-elle ajouté plus calmement, Nigel Colveden était bien, et même très serviable, en fait. La dénommée Emily Seeton était sans nulle doute la petite pépée décorative qui convenait à un jeune homme comme lui...

Wendy Smith s'était misérablement recroquevillée dans un petit coin de l'immense limousine. Il fallut que la voiture arrivât en vue de Bond Street pour que, dans un effort surhumain, elle forçât Marigold Naseby à prendre sa place.

— Merde alors, mais ça va guère durer plus d'une heure ! avait explosé Liz peu avant. Bien sûr que tu dois y aller, espèce de tarte, et fais donc un peu gaffe à ton mascara ! Mademoiselle se sent pas bien ? Hou, écoutez-la ! Qu'esse-t'as, tes règles ou quoi ? Eh ben, c'est ce qu'on appelle la Loi des Emmerdes maximum, non ? Écoute, t'as tout à fait l'air d'un canard en train de crever en pleine tempête, exactement l'allure que c'te vieille tantouse de Benbow veut qu't'aies, donc t'as même pas besoin de te forcer, ce coup-ci. Reste comme ça, et t'auras Hollywood au téléphone avant le dîner !

Liz était une maquilleuse free-lance, engagée par le magazine pour s'occuper de Wendy pendant la durée de l'opération, et Wendy la trouvait sensass. D'abord, Liz connaissait des tas de scandales bien juteux sur le compte des célébrités. Elle pétait le feu, ce matin, tout excitée à la perspective de la réception à la galerie, et elle n'arrêtait pas de jacasser tout en regardant par la vitre, de son côté de la voiture. Mais elle avait beau jeu d'être en forme, Liz, c'était pas elle qui avait reçu ce coup de téléphone, bien après minuit, dans la suite du *Dorchester*, et entendu la voix calme et insistante.

Il avait fallu un moment à Wendy pour commencer à voir de quoi parlait l'homme et, quand elle avait compris, elle s'était dit : « Raccroche tout de suite ! », mais c'était déjà trop tard. Elle était comme ces lapins pris dans la lumière des phares, qui ont bien trop peur pour détaler. Le type n'était pas du genre vieux cochon, pas comme ce salopard qu'on avait enfin attrapé à Shepherd's Bush, celui qui avait vue sur la salle de bains des Smith par la fenêtre de sa cuisine : les flics avaient expliqué que, même avec le rideau tiré — et il l'était en permanence chez les parents de Wendy —, le bonhomme pouvait voir des ombres dès que la lumière était allumée. Non, celui-ci n'avait rien dit de dégoûtant. Il n'était pas non plus exactement dans le style baratineur, même quand il avait parlé du visage de Marigold : des tas de trucs bizarroïdes sur sa beauté classique Fan De Sickle[1] ou autre chose. Il avait une voix plutôt distante et snob, comme si ça ne lui faisait ni chaud ni froid.

C'est pour ça que ç'avait été d'autant plus horrible quand il s'était mis à parler de ses amis à lui. Alfie, Oncle George et le Couperet. Et comme quoi que la bourgeoise du Couperet, elle s'était envoyée en l'air avec un mec, et que le Couperet, il était rentré chez lui à l'improviste et... Eh ben, c'est après ça qu'on lui

1. Ce qu'a cru entendre Wendy, dont la culture est plutôt limitée, quand l'inconnu a sans doute dit « fin de siècle »... (*N.d.T.*)

avait donné ce surnom-là ! Mais le type effrayant, au téléphone, avait dit que ce serait pas nécessaire d'en arriver là, n'est-ce pas, pasque la célèbre Marigold Naseby serait ravie d' lui rendre un p'tit service. Et, tant qu'elle le ferait, il ne donnerait pas dans les menaces sordides, comme de dire au Couperet qu'elle était sa petite amie et qu'elle avait été un peu légère.

Qui plus est, en échange de ce petit service, il lui ferait un vraiment beau cadeau : les négatifs des photos qu'il avait d'elle. Vous savez, des photos intimes. Oui, les tirages et les négatifs, tout. Sinon... eh bien, il y avait d'autres possibilités, n'est-ce pas, Miss Naseby ? Sans compter le Couperet, naturellement, qui avait cette dent contre les filles un peu légères.

Il y a des journaux qui paieraient cher pour ces photos-là *et* qui les publieraient, vite fait bien fait, mais ça ne plairait guère à Cédric Benbow, non ? Il annulerait sûrement toute l'affaire, c'est sûr, et adieu la carrière de top model de Marigold Naseby ! Mais tout ça n'était qu'hypo... hypo-quelque chose, tout ça pour dire que c'était pas nécessaire que ça se passe comme ça. Et, quand on lui aurait expliqué la nature du petit service et qu'elle verrait à quel point c'était simple, elle pourrait se sentir tranquille, n'est-ce pas ?

La limousine se gara devant la Galerie Szabo et quelqu'un ouvrit la porte. Dans une transe de désespoir, Marigold Naseby réussit malgré tout à sortir de la voiture, bravant les appareils photo et les caméras avant d'entrer. Liz la suivit, une expression soucieuse sur sa frimousse enjouée, constellée de taches de rousseur : la petite est superbe, absolument fantastique, mais il y a vraiment quelque chose qui cloche chez elle, songea la maquilleuse. Un truc plus sérieux que des crampes dans le ventre.

Manifestement fort loin d'être la « pépée décorative » imaginée par la rédactrice, Miss Seeton n'était cependant pas la seule dame d'âge mûr de l'exposition, ni celle qui portait les vêtements les plus démodés. Elle était battue sur ce plan-là par une imposante experte venue d'un musée autrichien, qui aimait qu'on s'adressât à elle par son titre universitaire de « docteur », et par une femme à l'air lointain et éthéré, vaguement drapée dans des tissus exotiques d'où se dégageait une forte odeur de biscuits rassis.

De plus, Miss Seeton ne se sentait pas du tout dépaysée à la Galerie Szabo. Ayant l'habitude d'aller au musée quand elle venait à Londres pour la journée — à la Tate Gallery, la National Portrait Gallery ou ailleurs —, elle savait parfaitement comment se conduire dans de tels lieux. Elle portait ce jour-là, comme à l'accoutumée, des vêtements d'allure nette et discrète. Nigel avait craint qu'elle ne fît des histoires lorsqu'on lui avait pris son parapluie à l'entrée, mais Miss Seeton, parfaitement habituée à le laisser au vestiaire pour visiter les musées et les galeries d'art, l'avait échangé fort docilement contre un ticket numéroté.

Présentement, elle passait un moment des plus agréables, ça ne faisait aucun doute. Surtout après le verre de délicieux champagne que le charmant monsieur hongrois lui avait donné avec empressement. Le plus étrange, c'est que personne, à part elle, ne semblait manifester le moindre intérêt pour les bijoux signés Lalique. Même Nigel s'était noyé dans la foule, quelque part, tandis qu'elle lui expliquait pourquoi les pièces du manoir décorées par William Morris feraient un décor si approprié pour les créations du grand maître. À supposer, bien sûr, que les tenues prévues pour Miss Naseby fussent aussi dans le ton.

La robe qu'elle portait ce jour-là était splendide,

quoique peut-être pas *tout à fait* juste pour Lalique. Il avait dû falloir deux ou trois douzaines de mètres de soierie imprimée à la main, dans un riche camaïeu de tons subtils de la forêt, pour façonner les larges manches et la jupe très ample. Il y avait de la dentelle à l'encolure — en V, toute simple — et, par-dessus le tout, un petit gilet bois de rose et ivoire, porté ouvert. Elle était aussi parée d'un fouillis de fleurs, de rubans et de plumes de marabout, qui tenait lieu à la fois de guirlande et d'ornement de chevelure, et qui évoquait Ophélie. Les bas à rayures horizontales qu'on apercevait sous le bord de la jupe suggéraient plutôt, eux, l'Alice de Tenniel[1].

Pauvre Nigel ! Peu probable qu'il ait l'occasion de parler à Miss Naseby, songea Miss Seeton, et encore moins de les présenter l'une à l'autre. La jeune fille était si demandée ! Bah, tant pis, elle était bien visible, la plupart du temps, et Miss Seeton préférait toujours, quand c'était possible, avoir un peu de temps et de recul pour se faire une impression des gens. La petite était effectivement belle, ou peut-être serait-ce plus juste de dire qu'on avait fait tout le nécessaire pour qu'elle le fût. Les traits étaient harmonieux, mais pas extraordinaires, et c'était la coiffure et le maquillage qui lui donnaient cette allure Lalique si convaincante. Ça et l'expression du visage. Les gens qui l'avaient conseillée avaient bien fait leur travail ; pourtant, il serait bon qu'on lui explique, ou qu'on lui montre sur un tableau, la différence entre un air doucement songeur et le fait de s'immerger dans quelque intime rêverie. À quoi pouvait-elle ainsi rêver ?

1. Sir John Tenniel, grand illustrateur et célèbre caricaturiste politique du XIXᵉ siècle (en particulier au journal satirique *Punch*), a, entre autres, réalisé les illustrations originales d'*Alice au pays des merveilles*. (*N.d.T.*)

Miss Seeton se rapprocha un peu du groupe qui entourait Marigold Naseby afin de mieux distinguer ses yeux, et ce qu'elle y vit la troubla : la pauvre jeune fille avait l'air proche de l'évanouissement. Cela dit, il régnait une chaleur et un bruit terribles dans cette galerie bondée. Cependant, ce n'était pas tout. Elle n'avait pas tant l'air distrait — ce qui se comprendrait pour une personne n'ayant pas l'habitude d'être un tel point de mire — que *hanté*. Fallait-il avertir Nigel ? Suggérer que Miss Naseby ferait mieux de se retirer dans une pièce tranquille, un bureau vacant, peut-être, pour se reprendre ?

Se retournant pour chercher Nigel des yeux, elle heurta par inadvertance un homme de haute taille et d'allure aristocratique qui se tenait justement derrière elle, absorbé par sa conversation avec Cédric Benbow, qui portait un panama et un costume de soie sauvage crème sur une chemise bleu pâle à ruchés, avec un foulard d'un bleu plus soutenu, noué dans l'encolure. Un peu plus tôt, Miss Seeton avait remarqué Benbow à l'autre bout de la pièce et elle avait été étonnée de constater, même de loin, la transformation que les ans avaient opérée sur lui. Certes, elle avait suivi sa brillante carrière avec intérêt et vu assez de photos de lui pour savoir à quoi il ressemblait depuis qu'il était une célébrité, mais elle était un peu désorientée de se retrouver soudain à ses côtés. Elle s'accrocha à sa manche avec une certaine fébrilité.

— Mon cher Clive, excusez-moi, je voulais dire Cédric. Euh, Mr. Benbow. Pardonnez-moi de vous interrompre, mais cette pauvre petite est à deux doigts de s'évanouir, je crois. Si vulnérable.... Oh, mon Dieu, vous vous souvenez de moi, bien sûr, non ?

Benbow posa un regard dégoûté sur la petite main accrochée à son bras et l'enleva d'un geste précautionneux, avant de tourner la tête pour jauger Miss Seeton.

— Vous avez sur moi un avantage, madame, car je crains de ne pas me souvenir d'avoir eu le plaisir... Pas plus que je n'ai la moindre idée de ce que vous venez de mentionner.

— Elle a raison, tu sais, interrompit l'homme. Elle veut parler de la petite Naseby. Plutôt pâlotte. Je vais aller voir.

— Si aimable de votre part, fit Miss Seeton qui lui adressa un sourire reconnaissant et le regarda se frayer un chemin parmi la petite foule qui faisait cercle autour de Marigold Naseby. C'est très gentil de la part de votre ami, reprit-elle en se tournant de nouveau vers Cédric Benbow qui l'observait, une main sous le menton. Je ne serais jamais arrivée à traverser toute cette foule, je le crains.

— Pourquoi m'avez-vous appelé Clive? On se connaît?

Des inflexions du sud de Londres pointaient à présent dans sa voix, fort différentes du ton traînant et méprisant qu'il affectait un instant plus tôt.

— Je suis navrée, mais j'étais plutôt inquiète, voyez-vous, et à l'époque, quand on était étudiants, on vous appelait tous Clive, évidemment, mais je comprends que...

— *Emmy!* La petite Emily Seeton! Eh bien, ça alors, j'en suis comme deux ronds de flan! s'exclama-t-il, retrouvant maintenant un pur accent du sud de Londres.

À la plus grande surprise — agréable — de l'intéressée et au profond étonnement de ceux qui se trouvaient dans les parages, Cédric Benbow attrapa Miss Seeton et l'embrassa sur les deux joues.

— Il m'a fallu une minute pour te remettre. Et puis, je me suis souvenu de la façon dont tu perdais toujours le fil de ce que tu racontais. Je t'avais recommandé de suivre un de ces cours par correspondance pour développer la mémoire, comme le système Pelman[1] — tu te souviens de la réclame : « Laissez-moi être un père pour vous ! » ? Tu ne l'as pas fait, c'est évident.

Le jeune homme enthousiaste et boutonneux de jadis sourit un moment dans le regard désabusé du poseur vieillissant, mais battit en retraite quand Cédric Benbow se rappela où il était. Il avait aussi remarqué que Marigold Naseby s'était éclipsée et que son ami revenait vers lui. Quand celui-ci les eut rejoints, l'accent snob avait repris ses droits.

— Mais quelle délicieuse surprise ! Ah, te voilà, cher ami. Emmy, permets-moi de te présenter mon vieil ami sir Wormelow Tump. Wonky, cette dame me connaît depuis encore plus longtemps que toi. Nous étions aux Beaux-Arts ensemble. Et voici Miss Emily Seeton, fit-il après avoir jeté un rapide coup d'œil sur la main gauche de l'intéressée.

1. Système de développement de la mémoire, originellement mis au point par l'Institut Pelman, d'où son nom. (*N.d.T.*)

CHAPITRE VII

Sir Sebastian Prothero descendait tranquillement Bond Street, fort réjoui à la perspective d'être parmi les premiers curieux à pouvoir admirer l'exposition de bijoux Lalique à la Galerie Szabo. Ayant un moment envisagé l'idée de carotter une invitation à l'inauguration — le genre de manœuvre digne de Raffles ou du Saint —, il avait finalement décidé, à regret, que c'était absurde de chercher des ennuis en se mêlant aux invités, d'autant que certains faisaient sans doute partie de l'équipe qui prendrait les photos à Rytham Hall. En outre, ce serait sûrement encore plus amusant pour lui de se joindre aux badauds devant la galerie pour voir partir les invités, avant de se rendre lui-même au *Ritz* pour déjeuner, à cinq minutes de marche. L'exposition n'ouvrait officiellement qu'à quatorze heures. Toutes les pièces exposées là n'étaient pas destinées à tomber en sa possession, bien entendu, mais ce serait néanmoins agréable de voir ce qu'il y avait en magasin, façon de parler.

Il avait parfaitement choisi son moment. Une petite foule s'était massée là, sans doute curieuse de savoir qui était la célébrité qui allait sortir et repartir dans l'immense limousine garée devant la galerie et dont le chauffeur en uniforme impeccable attendait d'ouvrir la porte. Prothero prit sa place parmi les gogos et il eut bientôt le plaisir de voir apparaître Marigold Naseby dans tout son glorieux appareil ; les deux jeunes femmes qui se tenaient devant en eurent le souffle coupé, il l'entendit. Il fut particulièrement content de constater qu'elle était pâle comme la mort et qu'elle était escortée jusqu'à la voiture par plusieurs personnes à l'air inquiet qui se débrouillaient pour se gêner les unes les autres. Finalement, la jeune fille s'installa sans encombre dans la voiture qui s'éloigna sans bruit. Formidable ! À l'évidence, son coup de fil avait fait mouche. Elle était terrifiée.

Mais, minute... Bon Dieu, qui était cette vieille toupie qui sortait justement ? *Impossible !* Mais si, c'était bien elle, nom d'un petit bonhomme ! L'épouvantable bonne femme qui avait failli l'étrangler avant de se lancer dans d'interminables histoires de sparadrap. Cette saloperie de riflard et tout le saint-frusquin ! Elle était là, à regarder autour d'elle ; on lui aurait donné le bon Dieu sans confession. Mais qu'est-ce qu'elle fichait là ? Et qui était-elle donc, pour l'amour du ciel ?

Prothero se hâta de reculer tout en amorçant un mouvement latéral, puis il tourna le dos, feignant de s'absorber devant la devanture de maroquinerie de luxe de la boutique voisine. Dieu soit loué, elle ne l'avait pas repéré ! Tout au moins, il ne le croyait pas. Bien trop occupée à papoter avec le jeune type qui l'accompagnait. Tout de même, il serait sage de vérifier qui c'était. Parfait, ils étaient partis dans la direction opposée. Pas vraiment de quoi s'en faire, naturellement. La vieille taupe était à ce point dans les vaps et si toquée qu'elle avait probablement oublié toute cette histoire de fous, devant Rytham Hall.

— Ah ! Par ce trou-là, là en bas. Euh, à vot' place,

je n'essaierais pas, inspecteur. Si vous m' permettez la r'marque, ajouta vite l'agent Potter.

Il possédait un sens aigu de son humble position et de ses devoirs ; la notion même de promotion ne lui avait pas effleuré l'esprit depuis des années, et encore moins l'idée de tenter les examens qui se dressaient, tel un Everest infranchissable, entre lui et les trois bandes argentées du grade d'inspecteur. Mrs. Potter et Amelia Potter s'accordaient à penser que le chef de famille était sage : le mieux est l'ennemi du bien, question carrière. Quant au chat de la maison, Tibs, il était sans opinion.

Ranger venait souvent à Plummergen, en tant que fiancé d'Anne, la minuscule fille du Dr Wright, et Potter ne manquait jamais de le traiter avec tout le respect qu'il jugeait dû à son honorable rang. Un respect encore accru du fait que Potter devait mesurer à peine un peu plus d'un mètre soixante-huit en chaussettes, tandis que son supérieur dépassait le mètre quatre-vingt-quinze et était bâti comme un « garage en brique ». Ainsi le décrivait Potter dans la conversation, son épouse ayant fortement réprouvé le terme d'argot de troufion[1] dont il avait initialement usé à la place de garage.

L'enquêteur Foxon s'abstint de commentaire. Venant d'Ashford, il connaissait le monde et n'était guère impressionné par un vulgaire rang d'inspecteur. Il avait du reste tout lieu de s'attendre à en devenir un lui-même, d'ici un an ou deux, et n'envisageait pas un seul instant de s'en tenir là. Il avait souvent travaillé avec Bob Ranger au cours des deux dernières années,

1. Une « armoire à glace » devient un homme « bâti comme des chiottes en brique », en argot de troufion anglais. (*N.d.T.*)

et ils s'entendaient parfaitement tous les deux. Cela dit, ça l'aurait quand même amusé de voir ce géant de Scotland Yard tenter d'explorer un trou aux dimensions propres à faire hésiter même un casse-cou de dix-neuf ans. C'est donc avec une pointe de regret qu'il vit Ranger marquer une pause, hocher la tête et se relever.

— Il devait être plutôt mince, le type, pour rentrer là-dedans. Sans parler d'en ressortir ! remarqua Foxon.

Ranger eut un petit sourire.

— Il devait même être *minuscule,* pour s'être fait mettre au tapis par Miss S ! Dites donc, elle est encore plus petite qu'Anne !

— C'est peut-être vrai, inspecteur, osa Potter, mais elle a fait des coups encore plus bizarres que celui-là, en son temps !

Ranger était si grand qu'en se mettant sur la pointe des pieds, il pouvait — à la différence des deux autres — voir facilement par-dessus la haie d'aubépine touffue. Ce qu'il fit pendant une dizaine de secondes avant de répondre.

— Faut reconnaître que Potter a raison, dit-il à Foxon. C'est vraiment un endroit curieux pour observer les oiseaux, si tu veux mon avis. Elle était sûre, pour l'histoire des oiseaux ? Quand tu lui as parlé, l'après-midi même ?

Foxon haussa les épaules.

— Euh, oui, mais tu sais comment elle est... Il faut toujours qu'elle fasse le tour du soleil pour trouver la lune. Cela dit, elle n'avait que la parole du type pour preuve. Ça et les jumelles. Un type qui parlait un langage châtié, d'après elle, une fois qu'il eut recouvré son souffle. Bien habillé, dans le style chic sport et décontracté des cavaliers qui font des parcours d'obstacles. Enfin, pour ce qui restait de ses vêtements, je suppose, quand Miss Seeton et la haie en ont eu fini avec lui.

Ranger jeta un œil sur ses Hush Puppies éculées, son pantalon en polyester, et sa chemisette à manches courtes de chez Marks and Spencer. Anne n'avait jamais émis la moindre critique sur ses vêtements, mais Ranger, qui avait des yeux pour voir, avait commencé à étudier la garde-robe de son futur beau-père et à prendre des notes dans sa tête.

— T'as parlé aux Cinglées aussi ?

— Ce serait plus exact de dire qu'elles m'ont parlé. Ou plutôt houspillé. À les en croire, c'était un pauvre petit vieux, un retraité, y a de grandes chances, qui communiait avec la nature sans faire de mal à personne. Là-dessus, Miss S arrive sur lui en catimini et l'attaque sauvagement avec son pépin. Il tente de se défendre, ce qui ne sert strictement à rien, d'après ces chères Bunny et Eric. Miss S, toute contente, pense manifestement lui avoir réglé son compte, mais déchante en voyant que le présumé cadavre donne des signes de vie. C'est à ce moment-là que nos héroïques Cinglées fichent le camp pour aller chercher le long-bras-de-la-Loi[1] et le laisser arbitrer le deuxième round.

Potter hocha la tête d'un air avisé.

— Mon vieux clou ne conviendrait peut-être pas pour le *Tou-our di France*, inspecteur, mais j'ai guère perdu de temps pour arriver sur les lieux. Eh bien, malgré tout : pas plus de Miss Seeton ou d'amateur d'oiseaux que de beurre en broche ! Pas une goutte de sang, non plus, ajouta-t-il pensivement.

— À cette heure-là, Miss Seeton était déjà ici, au manoir, en train de boire un café avec lady Colveden. Pas l'ombre d'un doute. Et je peux voir deux bonnes raisons pour expliquer l'absence de sa victime présumée. La première, c'est qu'à part le choc le type allait

1. Un des surnoms de la police anglaise. (*N.d.T.*)

parfaitement bien et qu'il a eu le bon sens de décider de filer à distance respectable du parapluie de Miss Seeton. La seconde, c'est qu'il était là pour tramer quelque chose de louche. N'est-ce pas, Foxon ?

— Tout à fait.

— Les Cinglées ont-elles proposé une théorie quelconque, susceptible d'expliquer pourquoi une prof de dessin retraitée se rendant en visite chez lady Colveden aurait eu envie d'agresser cet innocent, et pourquoi l'homme en question n'a pas jugé bon de porter plainte ?

— Pas vraiment. Ou plutôt si, elles en ont avancé des quantités, de théories — ces deux-là en ont toujours à revendre, comme certains ont des souris chez eux. Pourquoi elle l'a attaqué ? Parce que cette femme souffre de folie meurtrière, parce qu'elle est une sorcière...

— Non, Seigneur, c'est reparti !

— Attends, je commence à peine. Parce qu'elle est en cheville avec les francs-maçons et que ce type avait divulgué leurs secrets, parce qu'elle a des amis à la Cour qui lui envoient des messages secrets...

— Elles sont complètement givrées !

Foxon ricana avec mépris.

— Tu parles ! Et comment ! En admettant même qu'elles ne l'aient pas été au départ, le fait de vivre avec l'une est plus que suffisant pour faire disjoncter l'autre. Cinglées de nom et de nature. Je le sais, tu le sais, et Potter le sait aussi. Mais je n'ai pas encore fini. Pourquoi est-ce que la victime n'a pas signalé l'agression ? Parce qu'il est bel et bien mort, en fin de compte, qu'elle s'est débarrassée du corps, et des pique-niqueurs tomberont dessus, un de ces quatre matins. Ou alors, il a survécu, mais Miss S le terrifie tellement qu'il se cache et qu'il prie le ciel pour qu'elle croie sa mission accomplie et qu'elle ne s'occupe plus de lui, à l'avenir. Ou encore... faut-il que je continue ?

— Non !

— Je me le disais aussi.

— Cela dit, on aimerait bien savoir qui il est. Et j'imagine que ton patron, Mr. Brinton, aussi.

C'est alors que l'agent Potter, qui avait assisté, impressionné, à cet assaut d'intelligence entre les Titans, intervint timidement :

— On a un signalement, inspecteur.

Ce fut Foxon qui répondit :

— Lequel préférez-vous, Potter : le retraité dont les Cinglées ont eu pitié pendant que Miss S lui tombait dessus à bras raccourcis, ou l'amateur d'oiseaux à la voix de chochotte et aux fringues classieuses ?

L'ironie de sa remarque échappa complètement au brave homme.

— Euh, moi, j' crois qu'on ferait mieux de suivre ce que dit Miss Seeton. Elle l'a pris pour un amateur d'oiseaux à cause qu'il y a dit ça, voyez. Mais, comme dit l'inspecteur, peut-être ben qu'il regardait avec des jumelles pour espionner le coin, s' pas. Rapport aux pierres précieuses qu'y a là.

— Bien vu, Potter ! s'écria Foxon avec ardeur, sous le regard noir de Ranger.

— Mets un peu la sourdine, Foxon ! On a fait savoir dans Plummergen que j'étais en congé, mais on sait bien, nous, que je suis vraiment ici en service, et j'ai aussi envie que Mr. Brinton d'en apprendre un maximum sur tout individu louche repéré en train de rôder du côté de Rytham Hall, et tu ferais bien de t'y intéresser tout autant. Le cirque du magazine sera là dans deux jours, et les bouchons de carafe, peu après. Voyons, Potter : je suis d'accord avec vous, mais ce n'est pas vraiment un signalement, non ? La description faite par Miss Seeton, je veux dire. Une voix d'aristocrate, bien habillé, probablement pas loin de la quarantaine, et les cheveux ondulés, fit Ranger en se tournant un instant vers Foxon. Elle l'a dit à lady Colveden, comme à toi. Mais, reprit-il à l'intention de Potter, il y a des paquets de gens qui correspondent à une telle description.

— Ah, c'est vrai, mais Martha Bloomer m'a dit, ce matin, comme quoi que Miss Seeton, elle s'est remise à ses dessins. Après son retour de Londres, hier, que ça devait être. Le petit Nigel Colveden l'a emmenée voir une exposition quelconque. Il me semble qu'elle a dû faire un de ses dessins, ceux qu'elle fait sans réfléchir. Du fameux bonhomme qu'était, ici, dans c'te fameuse haie !

Ranger se tapa le front :

— Bon sang, ça ne m'est même pas venu à l'esprit de lui demander de dessiner...

— Et ce que j'en dis, moi, continua Potter sur sa lancée, car il lui fallait autant de temps pour s'arrêter que pour démarrer, c'est que si qu'on allait à *Sweetbriars* en bonne horde (*sic*) et qu'on demande à cette brave dame d'être assez aimable pour nous laisser jeter un œil sur ses croquis, on trouverait peut-être le portrait « tout caché », comme on dit, de l'individu en question.

Ses deux collègues le considérèrent avec un respect inaccoutumé.

— Et je crois ben que, par-dessus le marché, ajouta Potter pour conclure en beauté avant de s'arrêter enfin, on aurait droit à une tasse de thé avec un petit morceau du gâteau de Martha.

Ranger, reconnaissant que l'agent de police du village s'était surpassé, acquiesça d'un hochement de tête, aussitôt imité par Foxon, et ils s'en furent tous les trois.

— Oui, j'ai les photocopies sous les yeux, dit Delphick, et je te suis plus que reconnaissant de me les avoir fait livrer par un homme en voiture, Chris. C'est extraordinaire, non ? De fait, ses croquis le sont toujours. Je me demande pourquoi elle a représenté le type sous la forme d'un oiseau.

La liaison téléphonique avec Ashford n'était pas excellente et il tendit l'oreille pour entendre la réponse de Brinton.

— Ah, parce qu'il a dit qu'il observait les oiseaux ? Oui, je suis ton raisonnement mais, d'après mon expérience, le subconscient de cette dame fonctionne de manière autrement plus subtile et mystérieuse que ça. Ce qu'on a là, c'est pas le genre d'oiseau qui fréquente les haies du Kent. Ça ressemble plutôt à ceux qui planent au-dessus des explorateurs à bout de forces, en plein désert. Comment ? Non, le visage ne dit rien à nos experts du trombinoscope des crapules, mais ils planchent dessus. Écoute, Chris, la ligne est mauvaise, et il y a des gens qui font la queue devant ma porte. Je te rappellerai. Encore merci.

Ce n'était pas la stricte vérité, qu'il y eût des gens à sa porte, ce n'était même pas vrai du tout. Delphick voulait simplement méditer en paix sur les photocopies des croquis que Miss Seeton avait donnés à MM. Ranger, Foxon et Potter. Non sans les assortir, c'est certain, de ses habituelles protestations gênées : ce n'était que de ridicules gribouillis, sans le moindre intérêt pour quiconque...

Delphick sourit à cette idée. Bien entendu, elle n'aurait jamais refusé de les leur donner : Miss Seeton n'avait — ou ne semblait avoir — qu'une notion fort vague des services qu'elle rendait à Scotland Yard, mais elle était manifestement honorée de travailler pour eux, même si l'ordinateur s'acharnait à libeller ses fiches de paie au nom de « Miss Ess ». Delphick trouvait d'ailleurs qu'elle était chichement rétribuée : un versement mensuel modique, plus les frais, le cas échéant.

Cela dit, la modestie de Miss Seeton quant à sa technique était tout à fait justifiée. Certes, elle connaissait l'histoire de l'art sur le bout des doigts, savait dessiner et peindre avec compétence, et avait été pendant de longues années un professeur heureux, et même inspirateur. Delphick avait cependant vu bon nombre de travaux qu'elle faisait pour son plaisir : des croquis et des tableaux soigneusement exécutés, qu'il trouvait généralement agréables à l'œil, mais sans plus. Ce n'était que lorsqu'elle passait, en quelque sorte, sur pilote automatique qu'elle produisait ces étranges œuvres de génie qu'elle qualifiait — en s'excusant — de gribouillis ou de caricatures. Ces croquis impressionnaient Delphick par la profondeur et la puissance de l'imaginaire de Miss Seeton, et le portaient souvent à soutenir devant sir Hubert Everleigh qu'elle devait avoir un réel don de clairvoyance.

Il aurait aimé avoir les originaux sous les yeux, plutôt que des photocopies. Heureusement, cette fois Miss Seeton avait dessiné à grands traits nets, à la manière des caricaturistes, au lieu de rechercher la subtilité que donnent les ombres dégradées, de sorte que les photocopies étaient de qualité tout à fait suffisante pour ce que Delphick avait à faire présentement. Il les observa quelques secondes chacune, puis recommença, en s'attardant plus longuement.

Sur la première feuille, il y avait trois dessins, et le mystérieux ornithologue amateur figurait sur tous. En haut de la feuille, on le voyait survoler un Rytham Hall reconnaissable, à côté duquel se tenait un sir George

Colveden, petit mais parfaitement ressemblant, qui braquait un fusil sur le volatile. Le coin inférieur gauche de la page montrait l'homme-oiseau au repos, en train de couver, perché sur une haie de laquelle dépassaient, en bas, deux jambes humaines. Le plus grand croquis, qui occupait le centre de la feuille, était le plus dérangeant, car il suggérait clairement que la créature ailée agressait l'artiste. C'était une sorte de vautour, mais aussi un homme, fort crédible, du reste, avec un nez exagérément allongé pour former un bec, et des doigts transformés en serres.

Il n'y avait qu'un seul dessin sur la deuxième feuille : deux hommes âgés en conversation, au milieu d'une foule évoquée en deux ou trois traits, de manière étonnamment suggestive. Ce croquis-là était dans le style d'une bande dessinée de *Spy*, assez conventionnel, à part la déformation délibérée des proportions : des têtes énormes sur des corps réduits à très peu de chose.

Delphick crut reconnaître une tête célèbre dans un des visages. Bon Dieu, qui ça pouvait être ? Noel Coward ? Somerset Maugham ? Trevor Howard ? Non, pas lui. Howard avait un visage aussi buriné et grêlé que la surface de la lune, alors que ce type-là, représenté — Dieu sait pourquoi ! — en culotte courte d'écolier et tenant une fronde, était plus... Ça y était ! C'était Benbow ! Défiguré, et bien différent du vieux type onctueux qu'il avait souvent vu se répandre en longs discours dans des *talk shows* à la télévision, mais c'était bien Cédric Benbow, sans aucun doute.

Delphick n'avait pas la moindre idée de qui pouvait être l'autre type. Élégant, hautain, typique de l'*establishment*. Membre d'un club huppé, disons le *Carlton* ou l'*Athenaeum*, plutôt que le *Garrick* ou le *Reform*. Delphick scruta le croquis de plus près : cette personne, là, en haut, avait bien les doigts croisés derrière le dos ? En effet. Voyons, pourquoi Miss Seeton serait-elle allée inventer un geste pareil ?

Delphick passa à la troisième feuille, elle aussi consacrée à un seul dessin — le plus mystérieux des trois, à ses yeux. Benbow et son compagnon y figuraient à nouveau — juste leur visage, cette fois —, parmi d'autres hommes, de toute évidence vieillissants. Des spectateurs, semblait-il ; ou plutôt des voyeurs, car le croquis était dominé par une silhouette de femme nue. Tête baissée, triste, mais apparemment résignée, elle avait le dos à demi tourné à ceux qui la regardaient. Elle tenait sur l'épaule droite une étoffe vaporeuse, de telle sorte que le tissu masquait en partie le sein droit et les cuisses. Elle semblait ne pas avoir remarqué la présence de l'homme-oiseau, à l'arrière-plan, qui s'était encore transformé et ressemblait plutôt à un lézard — ou à un dragon, peut-être —, avec une immense queue.

Ce dessin-là lui collait le cafard et, après l'avoir observé un moment, Delphick revint à la première feuille. La petite caricature de sir George en culotte de cheval le dérida considérablement. Miss Seeton l'avait croqué à la perfection. Le brave homme était tout à fait capable de tirer sur toute créature sortie d'un tableau de Jérôme Bosch, qui aurait l'impudence de vouloir envahir son domaine.

CHAPITRE VIII

— Pour l'amour du ciel, cesse de répéter : « Comment as-tu pu faire une chose pareille, Harry ? » Je t'ai déjà dit que je n'avais rien fait de tel, et si tu ne me crois pas, je raccroche illico. D'accord ? Bon, maintenant, arrête tes jérémiades, et écoute. Il est possible que ce soit Kevin qui ait fait ce sale coup. Je n'aime pas en parler, mais ça ne le gêne pas de se servir de monnaie dans ma poche, et il a de nouveaux amis à qui je ne confierais même pas mon chat. Si Kevin a repéré les négatifs dans le fichier, et qu'il a vu que, toi, tu faisais tout d'un coup un tabac, eh bien... J'ai eu une engueulade avec lui. Mais il nie mordicus, bien sûr ; il prétend qu'il y a toutes sortes de gens qui entrent et sortent sans arrêt, et qui se retrouvent seuls dans le studio, suffisamment longtemps pour pouvoir fouiller un bon coup. Et je ne peux pas le nier. De toute façon, qu'il ait piqué ces négatifs ou pas, ça a pété entre nous. Je vais quitter le studio et en prendre un pour moi seul.

— Tout ça c'est très joli pour toi, mais, moi, qu'est-ce que je vais *faire* ?

— Faire ? Dis à ce mystérieux personnage d'aller se faire foutre, voilà quoi. Montre-lui que tu sais qu'il bluffe. Écoute, Wendy, c'est moi qui les ai prises, ces photos, tu te souviens ? C'est *rien du tout* ! Dans n'importe quel kiosque de gare, on trouve des magazines pleins de photos comme ça, et même salement plus corsées !

— Oui, mais pas des photos de Jean Shrimpton ou de Twiggy.

Harry Manning se dit — et pas pour la première fois — que Wendy Smith avait perdu une bonne partie de sa naïveté, au cours des dernières semaines. Était-ce vraiment si ridicule de sa part de se voir déjà aux côtés de mannequins dont les noms étaient connus dans tous les foyers ? Surtout avec cette fantastique occasion qui semblait s'offrir à elle ? Il fallait qu'il s'efforce de voir la chose du point de vue de la petite.

— Oui, bon, je peux comprendre que tu sois furieuse. T'as raison, il y a des journaux qui donneraient cher pour ça. Et qui pourraient foutre ta carrière en l'air. Cela dit, les gens de *Mode* ont tellement investi dans cette affaire que je les vois mal te laisser tomber à ce stade-là, quoi qu'il arrive. Mais, écoute, Wendy, si tu ne me dis pas ce que veut ce bonhomme, comment tu veux que je sache ce que tu dois faire ? Qu'est-ce qu'il veut, hein ? Du fric ? On dit toujours qu'il vaut mieux aller droit chez les flics, si quelqu'un vous fait du chantage. Écoute, je viens d'avoir une idée, Mel connaît un gros bonnet de Scotland Yard. Je parie que si tu lui en parlais, elle pourrait...

Il écarta vivement le combiné de son oreille quand une lamentation déchirante l'interrompit.

— Mais j' peux pas le dire à Mel ! Et j' peux pas te le dire, à toi. Si seulement je pouvais, mais j'ose pas. Pas avant, en tout cas, euh, justement parce que, c'est pour ça...

Longtemps après avoir raccroché, Wendy resta tapie dans le coin du somptueux canapé de sa chambre du *Dorchester*, le pouce dans la bouche, se demandant si ça valait vraiment la peine. Elle aurait donné cher pour se retrouver dans leur appart' minable, assise dans la cuisine avec June, à se taper un biriani de chez Moti Mahal, le traiteur indien, près de la station de métro. Suppose qu'elle dise au type du téléphone d'aller se faire foutre, comme Harry le conseillait, et que les photos paraissent dans *Men Only* ? Qu'est-ce que *Harper's*, *Vogue* et les autres magazine de luxe ont de plus, hein ? Elle aurait parié que *Playboy* payait autant ou plus que les autres, et que certaines filles qui avaient posé pour la page centrale recevaient des offres de boulot dans le cinéma.

Pendant quelques instants, l'existence lui parut de nouveau vivable mais, à mesure que la vision d'Alfie, d'Oncle George et du Couperet se précisait dans son esprit, la sensation de malaise au creux de l'estomac — hélas, devenue familière — la reprenait. C'était surtout le Couperet qui l'inquiétait. Les amis de l'homme du téléphone l'accompagnaient à chaque heure de sa vie éveillée, bien qu'elle ne les eût jamais vus et qu'elle espérât ardemment ne jamais les rencontrer. Pourtant, elle savait qu'Alfie était maigre, débraillé et fourbe, un peu comme le grand frère de Wayne, à l'école. Celui qui s'attardait toujours quand les filles jouaient au ballon et qui lorgnait leurs culottes de gym bleu marine.

Oncle George ressemblait plutôt au marchand de légumes qui vendait à l'étal, dans la rue ; un gros bonhomme jovial, on se disait, jusqu'à ce qu'on voie ses petits yeux porcins et sa bouche dégoulinante quand il buvait une lampée de whisky au goulot de la demi-bouteille qu'il gardait dans sa poche. Et puis, il avait cette façon répugnante de vous chatouiller la main en vous rendant la monnaie. Pouah !

Quant au Couperet, lui, il sortait tout droit d'un film

d'horreur. Ses traits n'étaient pas clairs dans la tête de Wendy, parce qu'il portait un de ces masques effrayants — un bas sur la tête — qui lui épatait le nez et lui faisait de grosses lèvres molles, mais il était grand et fort, et il portait un rasoir à la lame dénudée qui lançait des éclats bleus quand la lumière s'y reflétait.

Oh, et puis, *mon Dieu*, même en dehors de la question de la presse, si elle ne faisait pas ce que disait l'homme du téléphone, il lui mettrait le Couperet aux trousses, et cet affreux prendrait son pied à la lacérer et, alors, on ne voudrait même plus la reprendre chez Woolworth's, sans parler du *Playboy Club* de Park Lane... Et il le ferait, l'homme du téléphone, elle en aurait mis sa main au feu. Il n'y avait qu'à entendre sa voix froide comme un iceberg, cruelle et pleine d'assurance...

Sir Sebastian Prothero s'était remis du léger choc qu'il avait éprouvé en voyant la vieille dingue sortir de la Galerie Szabo, et il se sentait de nouveau détaché, détendu et plein d'assurance. Si sa première visite de reconnaissance à Rytham Hall avait été un assez joli désastre, la seconde avait plus que compensé. Réfléchissant, avant de partir, au meilleur moyen de se procurer une camionnette des Postes pour une heure ou deux, il s'était rappelé que la simplicité avait toujours été le signe distinctif de sa méthode. Ça et la présence d'esprit, plus une certaine dose de culot.

Bon, cette fois, pas de bourdes : il irait droit à la porte de service, en combinaison blanche, avec un ou deux tournevis dans la poche-poitrine, portant sous le bras un vieux téléphone sorti du magasin de matériel électrique d'occasion de Tottenham Court Road, un casque d'écoute dépassant d'une autre poche. Une voix ordinaire pour s'adresser à l'intendante : genre technicien qualifié, mais pas chic.

— Bonjour ! Colveden à Rytham Hall, c'est bien ça ? Tout le monde est sorti ? Bon, ça ne fait rien, pas besoin de les déranger. Il y a plusieurs personnes qui nous ont signalé récemment qu'elles avaient du mal à les joindre et qu'elles avaient dû passer par l'opératrice. Bon, une petite vérification du poste central et, voyons, deux postes annexes, c'est bien ça, non ?

« Ah bon, trois ? Eh bien, voilà, je vous parie que ces têtes de nœuds du service clients oublient leurs propres adresses, un jour sur deux... Ça ne vous ennuie pas de me montrer ces quatre téléphones ? Merci, mais ce serait mieux que vous restiez, si ça ne vous gêne pas, histoire de surveiller, vous savez ? Comme ça, moi aussi, je suis couvert, si quelqu'un s'avise qu'il manque quelque chose et se dit que le technicien du téléphone a dû avoir la main leste. Ça ne devrait pas prendre plus de dix minutes, un quart d'heure, en tout.

En fait, il lui avait fallu à peine plus de huit minutes pour tripoter les quatre combinés de la maison, hocher la tête d'un air entendu et faire sonner avec insistance le poste principal, dans le hall. Quatre minutes supplémentaires pour mémoriser la disposition des lieux, avant de conclure d'un ton détaché :

— Bon, tout me paraît normal, à présent. Passez-nous un coup de fil si vous avez encore des ennuis. Je vais vous laisser travailler. Je jette juste un œil sur le câblage, à l'extérieur, et je file... Comment ? Non merci, c'est bien aimable à vous, mais j'ai ma Thermos et j'en ai bu une tasse avant de venir vous déranger. Bon, allez, au revoir !

Tout était pour le mieux. Ç'aurait pu être un peu compliqué, de devoir entrer là-dedans et piquer les bijoux. Impossible, en réalité, pour un homme opérant seul (il était d'avis qu'on travaille mieux tout seul). Mais c'est vrai que, cette fois, il n'était pas seul, à *strictement* parler. Parce que la petite poulette à tête de linotte allait laisser choir par la fenêtre des gâteries valant des milliers de livres, n'est-ce pas ? Parce qu'elle savait où était son intérêt. Parce qu'elle croyait en l'existence de croque-mitaines tels que l'Oncle George, Alfie et le Couperet. Prothero songea que le Couperet était sans conteste une de ses meilleures inventions, née dans le feu de l'action, quand il rentrait chez lui après s'être procuré ces photos rasoir d'appas féminins.

Enfin, c'était peut-être une petite cocotte vulgaire, cette fille qui se faisait appeler Marigold Naseby, n'empêche que c'était le meilleur complice qu'il eût jamais eu et, dans quelques jours, plusieurs chefs-d'œuvre de Lalique, absolument sans prix, seraient en sa possession. Ensuite démarrerait la Phase deux.

Prothero avait beaucoup appris du joaillier d'Amsterdam, un fumeur à la chaîne qui écoulait régulièrement la marchandise pour lui et ne le connaissait que sous le nom d'Henry. Il était donc tout à fait conscient que des pièces de musée, comme celles qu'il allait acquérir, étaient virtuellement invendables. Mais elles étaient malgré tout sans conteste négociables et Prothero se réjouissait d'avance à l'idée de jouer au plus fin avec la compagnie d'assurances, et dans l'anonymat le plus parfait. Il pouvait prendre son temps : il n'avait pas particulièrement besoin d'argent, il jouissait surtout du plaisir de se savoir plus malin que la police. Ayant déjà réussi à faire tourner en bourrique plusieurs sections des polices régionales depuis ses débuts de gentleman cambrioleur, il ne doutait pas de parvenir au même résultat avec les poulets du Kent.

— Notre coco a attrapé la grosse tête, dit le commissaire Brinton à Ranger avec une satisfaction mitigée, quand l'intendante de Rytham Hall eut quitté la pièce, rouge comme un coq, tant elle était gênée. C'est une riche idée, qu'a eue Potter, de montrer l'homme-oiseau de Miss Seeton à cette femme-là. Gonflé, ce salopard ! Comme ça, il vérifiait les téléphones, hein ? Le jour où je le pince, celui-là, je te lui montrerai où il peut se le fourrer, son tournevis !

— Dans un sens, c'est plutôt drôle, monsieur. Quand elle parle des travaux qu'elle fait pour nous, Miss Seeton dit toujours qu'elle fait des portraits-robots, bien qu'on n'ait pratiquement jamais eu à le lui demander. Il lui est effectivement arrivé d'en dessiner, mais on n'en a pas fait l'usage habituel. Ce serait d'ailleurs impossible avec celui-ci, constata Ranger avec une grimace à l'adresse de l'oiseau grotesque, perché sur la haie — celui du croquis qu'ils avaient montré à l'intendante, à la plus grande consternation de la pauvre femme.

— Vous voulez dire le montrer à la télé, l'imprimer dans les journaux, en faire des affiches qui proclament : « AVEZ-VOUS VU CET HOMME ? » Non, en effet, vous avez raison. Les médias crèveraient de rire, bien que l'intendante ait tout de suite reconnu sa vilaine tronche. Je les entends d'ici nous conseiller d'aller faire un tour au zoo ! fit-il avec une grimace d'amertume qui laissa bientôt place à un air plus optimiste. Et si vous demandiez à un des artistes de la police d'adapter ce dessin ? Vous savez, de le transformer en trombine humaine normale, mais en gardant la ressemblance ?

— Ça vaudrait peut-être le coup d'essayer, je suppose, monsieur. Mais d'un autre côté, ça pourrait être prématuré et se retourner contre nous, si on publiait ça à grande échelle. Parce que, ce gars-là, il n'a commis aucun délit, autant qu'on sache ; du moins, pas encore.

On l'a trouvé en train de lorgner à travers une haie, le long d'une voie publique : il y a des milliers de gens qui font ça tous les jours. Et ce n'est pas comme s'il s'était introduit au manoir par effraction : l'intendante lui a ouvert et lui a fait voir les lieux. Et elle a souligné qu'il avait tenu à ce qu'elle reste là, comme témoin, pour s'assurer qu'il ne piquait rien. Publiez son portrait dans les journaux, mentionnez son nom, et il pourrait nous fourrer dans de sales draps : arrestation illicite, harcèlement policier, diffamation et tutti quanti...

— D'accord, d'accord, ça va, n'en jetez plus, mon vieux. Naturellement, le Yard ne peut pas affirmer avec certitude qu'on n'a pas de fiche sur lui, mais ils ont passé en revue un fameux paquet de photos de trombines, et ils n'ont pas trouvé de malfrat fiché qui ressemble de loin ou de près à cette beauté-là. Dites donc, si vous trouviez plutôt une idée réalisable, au lieu de souligner tout ce qu'on ne peut pas faire !

— Oui, c'est bien Tump, déclara le sous-directeur adjoint Fenn. Avec Cédric Benbow. Ça alors, j'en suis... si j'avais su, je ne me serais pas donné tout ce mal pour la faire inviter à Buckingham Palace, hein ?

Sir Hubert Everleigh le considéra un œil neutre par-dessus ses lunettes :

— Je dois dire qu'un rien vous suffit, mon petit vieux. Vous avez tout ce que vous vouliez, hein ? Alors, dépêchez-vous de filer à Curzon Street : « Tenez, mes amis du MI5, l'affaire est réglée. Le bonhomme a visiblement quelque chose à cacher : regardez la manière dont il croise les doigts... » Eh bien, j'aime autant que ce soit vous !

— Ah bon. Oui. Je vois ce que vous voulez dire. Ça tombe plutôt bien qu'elle puisse le revoir une fois, la semaine prochaine. Peut-être qu'il vaut mieux attendre, pour voir si elle trouve autre chose. Mais c'est tout de même extraordinaire, non, qu'elle soit tombée sur lui comme ça !

— Pas vraiment, non. Ce dessin appartient à une série de trois. Plus de trois dessins, en fait ; je voulais dire trois feuilles. Des croquis de la main de Miss Seeton, exécutés à son retour de la Galerie Szabo, dans Bond Street. D'après l'Oracle, elle assistait à l'inauguration d'une exposition. Je crois d'ailleurs avoir moi-même lu quelque chose là-dessus dans l'*Evening Standard.*

— Je me demande ce que Cédric Benbow et Wormelow Tump faisaient là.

— Pour ça, l'explication est facile. Delphick m'a tout raconté. C'était un de ces — comment dit-on donc —, un de ces « événements médiatiques ». Le vieux Benbow a, paraît-il, été engagé par un de ces magazines de luxe que les femmes lisent sous le sèche-cheveux, chez le coiffeur. Vous savez : des horoscopes, des articles sur la Toscane, des publicités de manteaux de fourrure et de corsets — sauf que ma femme m'a dit qu'on ne les appelait plus comme ça, de nos jours. Benbow va photographier des tas de vêtements ridicules, style *fin de siècle** ou quelque chose dans ce goût-là, et ils vont en faire tout un fromage. Ils ont emprunté à des propriétaires, qui vivent sur le continent, une collection de bijoux d'époque sans prix, pour aller avec — avec les robes, veux-je dire. Et le magazine a fait équipe avec la Galerie Szabo, pour partager les frais, je suppose. Ils ont les mêmes mécènes, et ils ont organisé une exposition spéciale des bijoux, qui sont très rarement montrés en public, à ce qu'on m'a dit. Ça coûte deux livres pour visiter. Naturellement, ce genre de truc est tout à fait dans les cordes de

Wormelow Tump, alors ils l'ont mis dans le coup. L'aval d'un expert, voyez-vous.

— Oui. Mais guère le genre de Miss Seeton, j'aurais cru.

— Normalement non, en effet. Mais, la semaine prochaine, c'est à Plummergen, le village de Miss Seeton — eh oui ! —, que Benbow doit aller faire ses photos. Ce vieux George Colveden a donné la jouissance de Rytham Hall au magazine. Sans entrer dans le détail, Colveden est juge de paix, copain de golf du chef de la police de la région — comment s'appelle-t-il donc ? Rupert quelque chose. Un peu anxieux, le châtelain, à l'idée d'avoir toute cette bimbeloterie chez lui. Alors, Rupert — est-ce bien Rupert ? Ou plutôt Robin, non ? — enfin, peu importe, le chef de la police a donné des instructions pour que le manoir soit surveillé.

— Ah oui ?

— Qu'est-ce que vous voulez dire, « ah oui » ? N'ai-je pas été assez clair ?

— Pas tout à fait, sir Hubert.

L'homme des Services spéciaux prenait des gants, depuis le savon auquel il avait eu droit, la dernière fois qu'il était passé dans le bureau du directeur adjoint.

— Je veux dire que je ne vois pas bien ce que l'Oracle et Miss Seeton ont à faire là-dedans.

— Delphick est dans le coup, parce que le responsable du secteur d'Ashford l'a appelé pour lui demander conseil. Comme l'inspecteur sous les ordres de Delphick est fiancé à la fille du médecin de Plummergen, il est bien connu dans le village, et l'Oracle a donné son accord pour le poster là-bas pendant la durée de l'opération photo au manoir. Quant à Miss Seeton, elle s'est rendue à cette inauguration privée parce que le fils Colveden l'y a emmenée. Une minute ! Je viens de me rappeler que votre Tump figure aussi sur un autre croquis.

Sir Hubert fourragea dans les papiers qui jonchaient son bureau, trouva le dessin de la fille nue et des voyeurs âgés et le passa à Fenn. Celui-ci le contempla un moment en silence avant d'émettre un petit sifflement :

— Dites donc, un peu osé, non, pour une vieille fille à la retraite ?

— Ne soyez pas stupide ! S'il y a une personne au monde qui ait du détachement par rapport à la nudité, c'est bien elle. Vous n'en étiez pas encore à échanger des blagues cochonnes, au collège, quand elle suivait des cours de dessin de nu, aux Beaux-Arts. Ce qui ne l'empêche pas d'être une dame parfaitement bien élevée. Alors, qu'est-ce que vous en dites ?

— Eh bien, c'est un dessin incroyable, n'importe qui le confirmerait. Mais ça ne nous dit rien de plus sur Tump, je suis sûr que vous en conviendrez. Juste son visage, avec le même genre d'expression que chez les autres qui la dévorent du regard. A-t-on idée de qui est cette fille ?

— Oui, le modèle de Cédric Benbow. Qu'il a lui-même choisi, apparemment. Une manière de concours, des milliers de filles y ont participé. Elle était aussi à la Galerie Szabo. Mais pas à poil, ai-je besoin de le préciser ? C'est simplement que Miss Seeton l'a vue ainsi.

— Mais c'est ressemblant, non ?

— Je pense qu'on peut tabler là-dessus. Une jolie petite, vous ne trouvez pas ? Je ne sais pas pourquoi, mais je ne peux pas m'empêcher d'avoir de la peine pour elle.

CHAPITRE IX

— Oh, cesse donc de faire tant d'histoires, George ! finit par s'exclamer lady Colveden.

Il était rare qu'elle manifestât son exaspération, et cela frappa suffisamment son époux pour qu'il baisse son journal et la regarde, le sourcil relevé.

— Nigel a tout en main, poursuivit milady, et, après tout, c'est bien toi qui as donné le feu vert, au départ.

Bien que reconnaissant en lui-même la justesse de ces remarques, sir George prenait trop de plaisir à ronchonner pour abandonner si tôt la partie.

— Je n'avais pas prévu que la propriété grouillerait de tapettes !

— Voyons, George, surveille ton langage ! Qui plus est, tu n'as aucune raison de faire de telles insinuations. J'ai trouvé les gens du magazine tout à fait délicieux et je me réjouis beaucoup à l'idée d'accueillir Cédric Benbow sous notre toit. De toute façon, ce n'est jamais que pour quelques jours.

— Quelques jours ! Pour prendre une demi-douzaine de petites photos de rien ! Saperlotte, je pourrais le faire en dix minutes avec mon vieux Brownie !

— P'pa, ton vieux petit Brownie a trôné six années de suite au stand des curiosités, à la kermesse du village, avant qu'un abruti paie deux shillings pour l'acheter ! fit remarquer Nigel. Je me souviens que, la première année, m'man m'a conseillé de ne pas l'acheter pour six pence, et j'avais à peu près huit ans à l'époque. On ne trouvait déjà plus de pellicule pour ces appareils.

Loin d'enfoncer son père, l'intervention de Nigel ranima les braises de son indignation.

— Deux shillings ! Le gars a fait une affaire, je te signale. J'en ai vu un, pareil, à la devanture d'un antiquaire à Canterbury, la dernière fois que j'y étais. Ils en voulaient dix livres !

— Ah ! ben, on dirait que les gens font dans la nostalgie, de nos jours, je le reconnais. Mais, de toute façon, c'est pas vraiment le problème, p'pa. Cédric Benbow va probablement devoir faire plusieurs centaines de photos pour obtenir une douzaine d'images absolument fantastiques. Et, ajouta-t-il après avoir marqué une pause et joliment rougi, il faut un temps fou pour que Marigold change de robe, et qu'on lui refasse son maquillage et sa coiffure pour chaque cliché.

Sir George tendit la main pour prendre un autre toast, qu'il regarda d'un air de dégoût :

— Complètement froid, comme toujours ! Quel est le foutu crétin qui a inventé les porte-toasts ! Dans les hôtels corrects, on vous les sert enveloppés dans du tissu. Oui, mais ce que je ne comprends pas, c'est pourquoi il faut qu'il *loge* ici. C'est ça que j'aimerais savoir.

— C'est à cause des photos en extérieur, mon cher. Le charmant jeune homme avec la barbe me l'a expliqué. La lumière naturelle, vois-tu. On a la chance d'avoir une excellente période de beau fixe, c'est vrai, mais, bien entendu, on ne peut pas compter dessus pour la semaine prochaine. Auquel cas, il s'agira de saisir la moindre occasion propice.

— Et, p'pa, même si on a encore plein de soleil, j'imagine que Benbow aura envie d'essayer des prises de vue très tôt le matin et en soirée. Tu sais, l'aube aux doigts de rose, les couchers de soleil romantiques... dit Nigel qui sourit et fit mine de se baisser pour se soustraire à la vindicte paternelle. Ça explique qu'il veuille rester sur place, en gardant Marigold et quelques autres personnages clés à proximité.

— Balivernes ! Il y a un pub parfaitement convenable au village.

— Oh, voyons, George ! Mr. Benbow est un homme très distingué. Le *George and Dragon* ne lui conviendrait pas du tout. De toute façon, il est complet. Ils ont donné la meilleure chambre à Miss Naseby, et les assistants de Mr. Benbow et l'équipe du magazine occupent le reste des chambres.

Pour avoir mené maintes campagnes en son temps, sir George savait reconnaître une défaite quand il la voyait venir.

— J'ai bien envie de donner un coup de fil à ce vieux Freddie, à Ross-on-Wye. Quelques jours de pêche me feraient peut-être le plus grand bien.

— Je trouve que c'est une excellente idée, mon cher, sauf que tu oublies la garden-party à Buckingham.

Nigel attendit poliment la fin du grognement théâtral de son père avant de parler.

— Pourquoi ne pas y aller la semaine suivante, p'pa ? Pour récupérer quand tout sera fini. Sans compter que tu vas bien t'amuser, une fois que les choses seront en route, et tu le sais parfaitement. Et tu peux donner un coup de main pour surveiller les bijoux Lalique.

— Très bien, acquiesça Ferencz Szabo, je fermerai

la galerie à vingt heures. Il faudra que les représentants des propriétaires et de la compagnie d'assurances soient là bien avant, naturellement. Ensuite, nous superviserons ensemble l'emballage de chaque pièce dans son écrin, et le placement des écrins dans le coffre-fort, par le directeur de Sécuricor.

— Entendu, dit le responsable financier de *Mode*. Même procédure que quand les bijoux vous ont été livrés, mais à l'envers.

— Exactement, mon ami, sauf que je me sentirai nettement plus léger en vous voyant signer les documents, vous et le représentant de Sécuricor, que quand c'était à moi de le faire.

— Mais vous ne le regrettez pas, n'est-ce pas, Ferencz ?

— Oh non, pas une seconde ! Ça a été un triomphe. Ma petite boutique a toujours compté, c'est vrai, mais désormais, son nom sera mentionné partout où se retrouvent les critiques, dans tous les vernissages, les...

— Exactement. Nous aussi, on est assez contents. Le responsable de la diffusion est ravi. Dommage que la petite Marigold soit tombée dans les pommes comme ça, à la réception de la presse, mais...

— Pensez donc, pas du tout ! Elle l'a fait si gracieusement ! Le critique du *Guardian* a d'ailleurs relevé que la douce enfant s'était évanouie sur l'épaule du curateur des *Objets de Vertu** de la reine, excusez du peu ! Prenez-en bien soin, cher ami, elle va valoir son pesant d'or pour vous, désormais.

Ferencz tira de sa poche de gilet un fume-cigarette d'ambre, y inséra une Sobranie vieux rose, et admira l'effet obtenu, avant d'ajouter :

— J'ai toujours d'excellents dispositifs de sécurité, ici, *bien entendu**. Mais vous devez avoir quelque appréhension à propos de ce manoir à la campagne, non ?

— Non, pas vraiment. Il ne leur faudra que quelques pièces à la fois, alors Sécuricor apportera le coffre-fort et le remportera, chaque jour, et un garde sera affecté à sa surveillance. Il faudra une signature pour sortir chaque pièce que Benbow voudra prendre, et une autre pour la remettre, ça va sans dire. Une grande boîte comme ça, je suppose qu'ils ont des systèmes de sécurité très au point. De toute façon, c'est à eux de s'en inquiéter, pas à nous.

— Et certainement pas à moi ! conclut Ferencz avec un grand sourire satisfait, allumant enfin sa cigarette.

Le collaborateur de *Mode* allait partir quand il s'arrêta :

— Oh, ajouta-t-il après une pause, j'ai failli oublier. Albertine m'a chargé de vous dire que vous êtes tout à fait le bienvenu si vous avez envie de faire un saut, un jour, pendant les prises de vue. Le trajet est long, c'est vrai, mais elle a pensé que ça pouvait vous amuser de voir, pour une fois, les bijoux Lalique portés avec des tenues adéquates et dans un cadre qui convient.

Miss Seeton n'avait pas vraiment apprécié le poulet froid-salade que Martha lui avait préparé pour le déjeuner avant de rentrer chez elle. Elle soupçonnait, à raison, que le pauvre poulet était, jusqu'à ces temps derniers, un hôte florissant de son jardin, au même titre que la laitue, le concombre et les radis. Possédant en effet un grand jardin, elle autorisait Stan Bloomer à y élever des poules et à en cultiver plus d'un tiers, en échange de quoi il entretenait le reste et l'approvisionnait en œufs, et en fruits et légumes, à la saison. Libre à lui de vendre ce qui restait après avoir fourni sa propre table : il empochait alors les éventuels bénéfices. Cet arrangement convenait admirablement aux deux parties et, pour ce qui était des œufs, des fruits et des légumes, Miss Seeton n'avait pas le moindre scrupule à se régaler de sa part. Cependant, et bien que n'étant pas végétarienne, elle était troublée à la pensée du sort qui attendait les poulets en fin de parcours.

Au moins Mr. Bloomer prenait-il soin de profiter qu'elle était absente pour s'occuper des aspects les plus pénibles de l'opération, songea-t-elle, oscillant de façon alarmante mais parvenant de justesse à recouvrer son équilibre. Car, dans le secret de sa chambre à coucher, Miss Seeton se mettait sur la tête, un exercice qu'clle avait pris l'habitude de pratiquer chaque après-midi, quelques instants au moins, quand elle était à la maison. Elle le faisait pour conclure l'enchaînement de postures, moins exigeantes, expliquées dans *Rajeunissez de jour en jour grâce au yoga.*

Tout de même, l'apparition fréquente de poulet sur sa table constituait pour elle un dilemme moral maintes fois répété. Peut-être pourrait-elle, sans vexer les Bloomer, expliquer qu'elle avait décidé de suivre un régime particulier qui excluait le poulet. Auquel cas, naturellement, elle serait obligée d'honorer sa parole — non qu'il pût être question qu'elle ne le fît *point* ! — et devrait dorénavant se passer de poulet, même au restaurant ou chez des amis — oh, c'était rare qu'elle dînât dehors ! De toute façon, ce ne serait pas une grosse privation.

Miss Seeton poursuivit ses méditations diététiques quand elle eut fini de se tenir sur la tête, et elle réussit à prendre la posture du lotus. C'est vrai qu'avec la pratique ça lui faisait de moins en moins mal, mais elle aurait bien aimé pouvoir remarcher normalement moins d'une demi-heure après la fin de l'exercice. Peut-être même qu'un régime lui ferait du bien. Les gens recommandent des régimes si étranges, de nos jours — avocat, pamplemousse et tutti quanti —, quoique rien d'aussi invraisemblable que la Diète de Worms[1]. Les oiseaux sont censés vivre de vers, non. Même les poules mangent des vers, de temps en temps, quand elles en ont l'occasion.

Voyons, pourquoi pensait-elle soudain à la Diète de Worms, après tant d'années ? La professeur d'histoire, à l'école, n'avait jamais bien expliqué de quoi il retournait ; cela dit, Miss Marlborough avait toujours été la première à avouer que les controverses religieuses n'étaient pas son fort. Ça n'avait de toute évidence pas plus de rapport avec les vers qu'avec la diététique, à proprement parler. Au fait, *Worm*elow : quel drôle de nom à donner à un enfant, comme si ça ne suffisait pas déjà d'être affublé d'un patronyme tel que Tump !

Que de taquineries le pauvre homme avait dû subir dans son enfance ! Les enfants peuvent être si cruels... euh, inconscients, à vrai dire. Comme tous ces gens, à la réception, si occupés à parler et à être vus que personne n'avait remarqué à quel point Miss Naseby avait l'air souffrante. Cela dit, une fois mis au courant, sir Wormelow avait été la bonté et l'efficacité mêmes. Qui aurait imaginé que Clive Bennett aurait un jour des amis aussi éminents !

Oh, mon Dieu, voilà la partie la plus difficile de l'exercice. Miss Seeton enleva précautionneusement le pied posé sur la cuisse de l'autre jambe, puis l'autre pied, et, les yeux clos, retint son souffle pendant que la première vague de douleur aiguë balayait sa conscience, avant de se retirer avec une lenteur excessive. Les terribles fourmis dans les jambes n'allaient

1. Jeu de mots sur Worms, la ville, et *worms*, les vers, que l'inconscient de Miss Seeton étend encore au bizarre prénom de *Worm*elow. (*N.d.T.*)

pas tarder, mais l'expérience lui avait appris qu'elles étaient précédées d'une période d'insensibilité et d'immobilité totales, pendant laquelle elle avait tout intérêt à penser à autre chose.

À Marigold Naseby, par exemple, ou Suzanne, comme elle la surnommait dans sa tête depuis le fameux jour. La chaste Suzanne. De Delacroix ? Non, de Chassériau[1], naturellement. *Suzanne et les vieillards*[2]... Plus qu'injuste d'assigner à Clive le rôle de vieillard, quoique pas tant pour sir Wormelow Tump. Leurs deux visages étaient ceux qui s'attardaient dans son esprit.

Toc, toc, toc... Oh, mon Dieu, quel moment *terriblement* gênant pour une visite ! Miss Seeton, qui n'avait toujours pas recouvré de sensation dans les jambes, réussit tant bien que mal à se traîner jusqu'à la fenêtre et à jeter un œil dehors. Là, en bas, se dressait la silhouette familière du pasteur qu'on avait toujours plaisir à voir, même si l'on se trouvait en position plutôt délicate...

— Bonjour, monsieur le pasteur !

Le révérend Arthur Treeves leva les yeux et son sourire professionnel s'effaça pour laisser place à un air de stupéfaction en découvrant le spectacle : les bras de Miss Seeton pendaient mollement par-dessus l'appui de la fenêtre, à la manière d'un naufragé parvenu jusqu'à la chaloupe de sauvetage, mais qui n'a plus la force de se hisser dedans.

— Croyez-vous que nous aurons la pluie avant le week-end ? s'enquirent poliment lesdits bras, bientôt rejoints — au grand soulagement du pasteur — par la tête et le cou de Miss Seeton.

1. *Suzanne au bain*, tableau bien connu de Chassériau, peintre et dessinateur français du XIXe siècle. (*N.d.T.*)

2. Allusion à une œuvre profane du Tintoret. (*N.d.T.*)

— Ah, vous voilà ! Bonjour, Miss Seeton. De la pluie, disiez-vous ? On ne peut pas en être sûr, évidemment, mais ma sœur pense que c'est fort possible. Tenez, au déjeuner, aujourd'hui, elle m'a instamment rappelé de ranger dans l'abri de jardin les outils que j'avais utilisés dernièrement. Euh... tout va bien, j'espère, Miss Seeton ?

— Oui, très bien, je vous remercie. J'espère pouvoir remarcher très bientôt.

— Pauvre chère madame, avez-vous eu un accident ? Pourquoi Mrs. Bloomer ne m'en a-t-elle pas informé ?

Confusément, des images de bouillon maigre et de bouillottes surgirent dans l'esprit d'Arthur Treeves. Depuis qu'il s'était rendu compte, plusieurs années auparavant et à son grand étonnement, qu'il avait perdu le peu de foi qu'il avait pu avoir un jour, le pasteur s'était plus ou moins fait une raison. Au cours de l'utile conversation qu'il avait eue avec l'évêque de Greenwich, celui-ci l'avait exhorté à ne pas s'inquiéter, d'autant qu'une bonne partie du clergé se trouvait dans une situation fort semblable — plus d'un de ses confrères évêques, aussi ! — et rien ne permettait de penser que cela les gênât en quoi que ce fût dans l'accomplissement de leurs devoirs.

L'évêque en question était lui-même un théologien de choc, auteur de plusieurs livres destinés à inspirer le lecteur et qui avaient souvent pour titres des exclamations. *Faites la lumière !* s'était très bien vendu et *Pour l'amour du ciel !* encore mieux. Si Arthur Treeves enviait à l'évêque suffragant son style décontracté, il ne pouvait se résoudre à l'appeler « Rick », comme ce dernier l'y avait pourtant invité de nombreuses fois. Les conseils de son supérieur hiérarchique avaient cependant été rassurants : « Continuez comme avant, mon cher, et vous ne tarderez pas à vous habituer. »

C'est ce qui était effectivement arrivé, mais le révérend se sentait bien plus à l'aise à faire de bonnes œuvres qu'à diriger des offices.

— Miss Seeton, je vais demander à ma sœur de passer chez vous pour voir s'il y a quelque chose que...

— Non, non, Mr. Treeves, je vous assure qu'il n'y a pas la moindre raison que Miss Treeves s'inquiète. De fait, je crois que voilà les fourmis qui commencent. La porte n'est pas fermée à clé, entrez, je vous en prie. Je serai avec vous très vite et nous prendrons une petite tasse de thé. Je viens de faire la posture du lotus, voyez-vous. Il paraît que les bouddhistes zen sont capables de rester comme ça des heures, sans la moindre gêne, mais, si je peux me permettre, je crois que c'est parce qu'ils s'y prennent jeunes.

Le pasteur continua à la considérer avec un air de parfaite stupéfaction avant de hocher la tête et de faire ce qu'elle suggérait. Il entra mais resta planté près de la porte, incertain, et vit Miss Seeton — fort enjouée, par ailleurs — claudiquer vaille que vaille de marche en marche, pour descendre l'escalier, agrippée à la rampe.

— Le pouvoir de l'esprit sur la matière, monsieur le pasteur. C'est le but de la manœuvre, selon le manuel. Asseyez-vous, je vous en prie, je vais mettre de l'eau à bouillir.

— Merci. Oui, le pouvoir de l'esprit sur la matière. En effet. je dois dire que j'ai été très inquiet, sur le moment, mais visiblement, tout va bien... Bien que j'aie ouï dire que vous avez eu une expérience éprouvante, il y a quelques jours, non ?

— Une expérience éprouvante ? Ah, vous voulez parler du monsieur avec toutes ces écorchures. Sa veste était déchirée aussi, je le crains, et il a eu beaucoup de mal à respirer, pendant un moment. Non, au contraire, je vous assure, monsieur le pasteur, affirma Miss Seeton, à présent complètement remise et arrivant de la cuisine d'un pas alerte, avec sur une assiette plusieurs biscuits au gingembre et au chocolat. C'est lui qui était éprouvé. Moi, à peine quelques minutes plus tard, j'étais tout à fait remise, à telle enseigne que je suis allée prendre un café avec lady Colveden avec qui j'ai eu une conversation fort utile.

Le pasteur tiqua. Ainsi, cette fois, c'était vrai. Molly soutenait toujours que Miss Nuttel et Mrs. Blaine inventaient des histoires et, qui plus est, lançaient en permanence des rumeurs malveillantes, en particulier sur le compte de Miss Seeton. Cependant, il n'y avait pas de doute qu'elles avaient été témoins d'une manière d'incident entre un inconnu et elle, incident sur lequel la police n'avait pas cru bon d'enquêter. Et voilà que Miss Seeton confirmait les allégations des Cinglées — mon Dieu, c'était vraiment bien peu charitable de les désigner par ce méchant sobriquet ! Enfin, les allégations faites par Miss Nuttel et Mrs. Blaine quand elles l'avaient accosté plus tôt, dans la matinée.

Arthur Treeves était un homme corpulent, qui transpirait abondamment par temps chaud, et quand il était embarrassé. La combinaison de ces deux facteurs l'obligea à sortir son mouchoir pour s'éponger d'abord le front, puis cette calvitie parfaitement circulaire, au sommet du crâne, qui lui donnait si bien l'air d'un homme d'Église. Il se racla la gorge nerveusement. Il *détestait* se trouver obligé de parler de religion dans ses conversations.

— Ici, à Plummergen, nous essayons, vous le savez, d'éviter les extrêmes du cléricalisme, commença-t-il d'un ton hésitant. Et la préface du *Book of Common*

Prayer[1] indique clairement qu'il est souhaitable de procéder ainsi. D'un autre côté — et la chose n'est peut-être pas aussi connue qu'elle devrait l'être —, le sacrement de la confession est toujours à la disposition de tout paroissien qui se sentirait la conscience lourde...

— *Vous*, Mr. Treeves, la conscience lourde ? Je suis navrée de l'entendre. C'est peut-être impertinent de ma part de le dire, mais je suis convaincue que vous menez une vie des plus irréprochables. Il va de soi que je serais honorée si vous souhaitiez vous confier à moi, bien que votre sœur soit, peut-être, mieux qualifiée ?

— Je crains de m'être très mal exprimé. Ce que... Oh, et puis, ça ne fait rien, Miss Seeton. Une autre fois, peut-être.

Le pasteur soupira et prit refuge dans la dégustation de sa tasse de thé et de l'excellent biscuit. Bon, au moins, il avait essayé. Le soin des ouailles, avait souligné l'évêque, a très peu de rapport avec la théologie ou la doctrine. Oh, bien sûr, il arrive de recontrer un vieil excentrique qui n'aime rien tant qu'une discussion fracassante sur la transsubstantiation. Et il y a des gens qui s'excitent sur le nombre de bougies de l'autel et autres détails de ce genre, mais on peut généralement les calmer sans trop de mal. Si Miss Seeton s'était révélée d'une froide cruauté sous ses abords paisibles, au moins, ce n'était pas une fanatique religieuse.

— Eh bien, naturellement, comme vous voudrez, lança-t-elle au bout d'un moment, fixant la théière pour dissimuler la gêne que lui avait causée le *cri du cœur** inattendu du pasteur. En tout cas, quel que soit

1. Équivalent anglican du missel quotidien, d'ailleurs largement basé sur le bréviaire catholique. (*N.d.T.*)

le souci qui vous préoccupe, je suis sûre qu'il vous semblera bien moins lourd, demain matin... Au fait, monsieur le pasteur ! Vous êtes exactement la personne à qui poser cette question : dites-moi, qu'est-ce que c'était *donc* que la Diète de Worms ?

Vingt minutes plus tard, l'air soucieux, Miss Seeton regarda son hôte s'éloigner de *Sweetbriars* d'un pas pesant et déprimé, la tête basse et les épaules tombantes. Mais qu'est-ce que Mr. Treeves avait bien pu faire ? Il était manifestement si préoccupé par ce qui le travaillait qu'il n'avait pas montré la moindre espèce d'intérêt pour la Diète de Worms et — c'était difficile à croire ! — semblait à peine connaître l'existence de Martin Luther. Ou était-ce de Jean Calvin ?

Ses réflexions furent interrompues par la sonnerie du téléphone et elle se dépêcha d'aller répondre.

— Oui, c'est bien Emily Seeton. Excusez-moi, je n'ai pas bien compris... Qui ça ? Mel ? Mel Forby ? Ah, Miss Forby, quelle agréable surprise ! Oui, bien sûr que je me souviens de vous. Vous avez été si aimable avec moi quand j'étais trempée comme une soupe. Bien que je m'efforce de ne pas penser à ces pauvres enfants. Merci, oui, je vais très bien, à part que je m'inquiète pour le pasteur. Tenez, sauriez-vous, par hasard, si c'est Jean Calvin ou Martin Luther qui a eu quelque chose à voir avec la Diète de Worms ? Ah, vous ne savez pas ? Bon, ça ne fait rien. À Canterbury, dites-vous ? En vacances ? C'est bien, et pas très loin d'ici, bien sûr. Comment donc, ce serait charmant ; mais si vous êtes en voiture, pourquoi ne pas venir prendre le thé à *Sweetbriars*, demain peut-être ? C'est oui ? Formidable ! Je me réjouis beaucoup à l'idée de vous revoir et j'ai des nouvelles intéressantes à vous raconter...

CHAPITRE X

— Bon, je ne voudrais pas que vous pensiez que j'ai fait, euh, vous savez, quelque chose de répréhensible. Marigold Naseby — au fait, ce n'est pas son vrai nom...

— Ah bon. Alors, elle n'est pas du Northamptonshire ?

— Du Northamptonshire ? Excusez-moi, je ne vous suis pas.

— J'ai pensé à la bataille de Naseby et imaginé un rapport avec sa famille.

— Ah, je vois. Non, sa famille est de Shepherd's Bush, je crois. À Londres. Enfin, Marigold a été très aidée, c'est vrai, mais il n'y avait rien contre ça dans le règlement, et beaucoup d'autres filles avaient aussi des professionnels futés qui travaillaient sur leur image. Quant à moi, je n'avais rien à y gagner, sinon du bon temps et la satisfaction d'aider un bon ami, doublé d'un photographe astucieux, à transformer une gamine, mignonne mais plutôt ordinaire, en Femme Lalique — celle que Cédric Benbow a choisie en toute liberté. Elle a gagné le concours à la loyale.

Miss Seeton fit aussitôt oui de la tête :

— Je suis bien certaine que oui, euh, Mel.

C'était vraiment difficile de s'habituer à cette mode

moderne d'user du prénom des gens et, bien qu'elle s'efforçât de faire plaisir à la jeune fille, celle-ci resterait toujours Miss Forby dans son esprit. Amelita, le prénom qu'elle utilisait professionnellement, lui semblait encore moins bien convenir que Mel. Surtout maintenant que la jeune femme tirait parti de ses beaux yeux et parlait de manière plus naturelle.

— Et, bien sûr, vous avez hâte de savoir si les photos de Mr. Benbow plairont à toutes les parties, ajouta Miss Seeton.

— Évidemment. Et je voulais être sur place au cas où la gamine ne tiendrait pas le coup, à cause de la pression, et où elle aurait besoin d'un soutien. Cependant, et bien que je n'aie rien fait de mal, comme je vous l'ai expliqué, ça ne ferait pas bon effet si on savait que j'ai été en quelque sorte, euh, son mentor. C'est pourquoi j'ai décidé de ne pas séjourner ici, à Plummergen, où pas mal de gens me connaissent. Canterbury n'est qu'à une demi-heure de voiture, comme ça je peux venir en vitesse, au besoin, et je me demandais... Euh, je veux dire que vous êtes amie avec les Colveden et que vous entendrez sûrement dire comment ça se passe, et peut-être auriez-vous la gentillesse de...

— Mais naturellement, promit Miss Seeton.

— Sensass ! Merci mille fois ! Bon, assez sur ce chapitre. Maintenant, j'aimerais en savoir plus long sur cette invitation de la reine. Que comptez-vous mettre ?

Il avait été décidé que l'endroit le plus commode, à Rytham Hall, pour les changements de tenue de Marigold Naseby, serait le petit salon du rez-de-chaussée, les robes et les manteaux étant rangés sur des cintres dans le petit bureau de lady Colveden qui était attenant. Ces deux pièces devinrent donc le domaine quasi exclusif de Wendy et de l'indispensable Liz, qui devait faire office d'habilleuse et de maquilleuse pendant les prises de vue, après que le coiffeur aurait opéré sa magie quotidienne. La tâche, qui paraissait relativement simple, s'avéra bientôt fort lourde : il ne fallut pas plus d'un jour à Cédric Benbow pour imposer son style — très particulier — à tout le monde.

— Ce gars-là n'a jamais entendu parler d'études de rendement, commenta sir George d'un ton affable à l'adresse de son fils, quand Benbow repassa pour la énième fois devant la porte ouverte de la bibliothèque, suivi d'une cohorte d'assistants portant des trépieds et des projecteurs.

Ayant aperçu le chaos, dans le hall, après le petit déjeuner, lady Colveden avait frissonné et décidé d'aller faire un tour en voiture à Brettenden, pour lécher les vitrines et déjeuner sur place. En revanche, sir George était fasciné par tout ce qui se passait, comme Nigel l'avait prédit, et on avait eu du mal à le dissuader de proposer un coup de main à Benbow.

— Vous croyez qu'il se contenterait d'habiller la fille avec une des fameuses robes, de la coller dans un coin, de faire une chose à la fois et de la finir, hein ? Au lieu d'en démarrer plusieurs d'un coup, de la faire changer de tenue, pour lui faire repasser la première une demi-heure plus tard. Je dois dire que ces espèces de petits parapluies argentés ont plutôt de l'allure ; je ne me rendais pas compte de tout ce qu'il faut comme gadgets pour un boulot comme ça. Il se pourrait bien que je revienne à la photo, moi, un de ces jours, fit-il en se tournant vers l'employé de Sécuricor, un grand type qui montait la garde, assis près du coffre-fort dans lequel se trouvaient les bijoux. Ça vous intéresse, vous, Smithers, la photo ?

Smithers avait été un soldat de l'armée régulière

pendant de nombreuses années, avant de rejoindre Sécuricor. Il avait même atteint le grade de caporal, mais ne s'était encore jamais trouvé seul à seul avec un général major, même en retraite. Il n'avait fallu que quelques minutes à sir George pour lui tirer les vers du nez — le détail de sa carrière militaire, en l'occurrence — et, cela fait, il s'était mis à traiter Smithers — aux anges — en vieux camarade estimé. Au demeurant, la vie de soldat avait si bien conditionné les muscles de Smithers qu'ils refusaient de se détendre et qu'il ne réussit qu'à produire une sorte de gargouillis en guise de réponse à la question de sir George.

— Qu'est-ce que vous dites ? Un passe-temps coûteux ? Absolument, je ne peux qu'abonder dans votre sens. Mais ça vaut la peine d'y penser, malgré tout. Ça me fait remonter des années en arrière, tu sais, Nigel, tout ce qui se passe ici aujourd'hui.

— Comment ça, la photo de *mode* ? Tu m'as caché quelque chose, p'pa ?

— Ne fais pas l'idiot, mon fils, bien sûr que non. Non, non. Je voulais dire occuper le poste de commandement, comme dans le bon vieux temps. *Sur le qui-vive**, n'est-ce pas, Smithers ? Sentinelles en place, systèmes d'alarme vérifiés, dit-il en désignant le téléphone d'un signe de tête, montres synchron... ah, flûte alors, non ! J'avais oublié ça.

Sir George jeta un rapide coup d'œil sur sa montre et eut l'air étonné :

— Seigneur, près de six heures vingt, comme le temps passe ! Ma parole, ce vieux Benbow est increvable, non ?

— En fait, je pense qu'ils sont en train de boucler pour aujourd'hui, p'pa. Euh, si ça ne t'ennuie pas, je crois bien que je vais faire un petit tour au village avec, euh, Marigold. Hum, il se pourrait que je casse la croûte là-bas aussi. Dis-le à m'man, tu veux bien ?

— Je t'en prie, fais donc, on en aura plus ! On va tenir la place, Smithers et moi. Tailler une petite bavette ici jusqu'à ce qu'ils rapportent — quoi donc déjà ? Un bracelet, deux bagues, cet énorme machin de broche qui ressemble à une lucarne, c'est bien ça ?

— Oui, m'sieur.

— Parfait. Repos, mon vieux. Oui, bon, dès qu'ils rapportent ces bricoles, on les note sur le registre, on marche en colonne jusqu'au véhicule blindé et puis on rompt les rangs à notre tour. À ta place, Nigel, j'emmènerais la fille au pub dans ma voiture. M'a l'air un peu patraque, si tu veux mon avis.

Quand Wendy et Liz sortirent du manoir dix minutes plus tard, Nigel attendait, nonchalamment appuyé contre le capot de sa MG.

— Ça alors, c'est vous, Marigold ! s'exclama-t-il sur un ton agréablement surpris.

Puis il ajouta avec moins d'enthousiasme :

— Ah, et vous, Liz. Pas mal passé, aujourd'hui, d'après ce que j'ai vu. Mais vous devez être vannées. Vous allez au pub ?

Liz refusa gaiement de tenir la chandelle :

— Sensass ! Voilà la cavalerie américaine à la rescousse ! J'ai un boulot pour vous, mon petit Nigel : je sais bien qu'il n'y a que deux places dans votre guimbarde, Marigold a eu une journée bien plus difficile que moi et j'aimerais autant me dégourdir les pattes. Alors, soyez un chou, conduisez-la !

— Oh, et comment ! Je veux dire, absolument, si vous êtes sûre que ça va de votre côté, Liz.

Wendy protesta — mollement et fort peu — et se retrouva bientôt installée sur le siège du passager. Liz sourit quand Nigel fit démarrer la petite décapotable et donna des gaz — impressionnant !

— Emmène-la par le chemin des écoliers, Roméo ! Cette faiseuse de mouron a bien besoin de grand air et d'un changement de compagnie !

Wendy se cala confortablement dans le siège de cuir de la MG et se laissa décoiffer par la douce brise vespérale. C'est vrai, elle était fatiguée, crevée même, mais ç'aurait dû être une heureuse fatigue. Tout le monde disait que Cédric était content d'elle. Mais, attention, il n'en avait pas dit si long lui-même. En fait, c'était un sacré enquiquineur. « Non, chérie, pas comme ça, comme *ci* ! », remarquait-il, puis, en deux temps trois mouvements, il vous faisait une de ses fameuses démonstrations qui vous laissait sur les fesses, et on oubliait que c'était une vieille tantouse aux cheveux teints et frisant les quatre-vingt-dix balais, et on aurait aimé avoir l'air même à moitié aussi classe que lui. Et puis, après s'être embêté encore une bonne demi-heure à tout préparer, il lançait : « Non, c'est tout simplement *épouvantable*. Va donc plutôt enfiler la petite robe magenta, cocotte. Et le pendentif en argent, avec les opales. »

Assez différent de la manière de travailler d'Harry. Enfin, il lui avait dit de l'appeler Cédric et lui avait tapoté l'épaule deux fois — du jamais vu, d'après Liz. Par conséquent, elle aurait vraiment dû se sentir merveilleusement bien, ce soir, fonçant sur la route dans une petite MG, et tout et tout. Ce type, Nigel, c'était bien un grand bêta de la haute, par certains côtés, mais plutôt chouette quand même. Pouvait sans doute pas s'empêcher d'être un peu tarte, pensez, avec ce vieux dingue comme père ! Le manoir était plutôt pas mal, en revanche, et Liz avait raconté que Nigel s'appellerait « sir » un jour et qu'elle le trouvait tout à fait mignon. Mais à quoi bon tout ça, hein ? Jeudi, le type du téléphone avait dit. Mais, zut alors, c'était après-demain ! Pourquoi pas demander à ce Nigel de leur faire faire le grand saut depuis le haut d'une falaise ? Maintenant, de toute façon, plus rien ne servait à rien, non ?

— Dites donc, Marigold, si on prenait un pot ? Je connais un pub plutôt sympa, juste à l'entrée de Brettenden, où on peut s'asseoir dehors, dans le jardin. Ce n'est qu'à une dizaine de minutes d'ici.

— M'est égal.

— Terrible ! Géant !

Nigel n'avait pas entendu la réponse laconique, tristement marmonnée, mais de la pure poésie accompagnée du somptueux crescendo d'un orchestre à cordes. Son cœur aussi chantait tandis qu'il conduisait la créature de rêve assise à ses côtés, empruntant les petites routes les moins fréquentées qu'il pût trouver. Plus personne n'aurait le droit d'occuper le siège passager, pas après que Marigold l'eut ennobli par la grâce de sa présence éthérée. Il s'en fit le serment.

— Euh, si vous n'avez pas d'autres projets, peut-être aimeriez-vous dîner là aussi. On y mange assez bien.

— M'est égal.

Nigel continua sa route, incapable d'articuler une seule parole.

— Bon, merci à vous tous ; je crois que nous pouvons être contents de ce que nous avons accompli ce soir. Quelle différence ça fait d'être costumé, hein ! Dernière répétition mardi prochain, même heure, même endroit, d'accord ?

Le Dr Wright était lui-même déguisé en hippopotame car, outre son rôle de metteur en scène, il chantait, accompagné au piano par sa fille Anne, le célèbre

Mud, Mud, Glorious Mud[1]. Toujours souriant et aimable avec tous les membres de la troupe, il adressa un sourire particulièrement chaleureux à sa fille et à son fiancé, Bob Ranger, présent en sa qualité d'observateur privilégié, puisqu'il ne serait pas en mesure d'assister à la représentation même.

— Bonsoir tout le monde, conclut le médecin.

Dans le joyeux tohu-bohu qui suivit dans la salle à manger du *George and Dragon,* tandis que chacun ramassait ses affaires, le révérend Arthur Treeves se trouva en compagnie du directeur de l'école de Plummergen.

— Ça s'est pas mal passé, je crois, monsieur le pasteur. Votre monologue « *Brown Boots* » était particulièrement réussi : on aurait cru Stanley Holloway[2] en personne. Et Potter était très en voix.

Mr. Jessyp, qui se savait doué d'une agréable voix de ténor, entonna une ou deux mesures de *Le sort d'un policier n'est guère enviable*, contribution de l'agent Potter aux « Comiques déchaînés », l'ambitieux spectacle qui devait avoir lieu à la salle communale de Brettenden dans la soirée du samedi de la semaine suivante, au profit de l'orgue de l'église[3] de Plummergen. Le pasteur avait donc jugé de son devoir d'y participer activement, malgré le peu de goût qu'il avait pour la chose.

1. « De la boue, de la boue, de la merveilleuse boue », titre d'une chanson comique mise en vogue à la fin des années soixante par Flanders et Swann (*N.d.T.*)

2. Stanley Holloway (1890-1982) : acteur, chanteur et auteur, entre autres, de monologues comiques qui lui valurent une grande popularité dès les années trente. (*N.d.T.*)

3. Les lieux de culte de l'Église anglicane, religion d'État de l'Angleterre, sont des églises, le terme de « temple » désignant plutôt les édifices réservés aux offices des différents cultes protestants. (*N.d.T.*)

— Vous êtes trop modeste, Mr. Jessyp. C'est vous et Mrs. Stillwell qui allez sans conteste — comment dit-on déjà ? — faire un tabac !

Le directeur de l'école, petit homme maigre, portait un pantalon bleu marine, un tee-shirt à rayures horizontales bleu et blanc, avec un foulard rouge et pimpant noué autour du cou[1], et un béret bleu. Plus une tresse d'oignons, en guise d'accessoire.

Il avait écrit son sketch lui-même et jouait un Français, marchand d'oignons à l'accent désopilant, qui, en essayant de se faire comprendre par une Anglaise et femme au foyer pleine de bon sens — jouée par Mrs. Stillwell —, n'arrivait qu'à l'embrouiller de plus belle. Il y avait, dans le dialogue, certains quiproquos qui avaient un peu choqué le pasteur, en son for intérieur, et il se doutait qu'il y en avait d'autres qu'il n'avait pas compris. Il n'était donc pas tout à fait sincère en prédisant un énorme succès à ce sketch, mais Mr. Jessyp accepta l'hommage avec un sourire tranquille et satisfait.

— Nous verrons, nous verrons. Vous vous changez, monsieur le pasteur ? Moi, je suis venu costumé pour mon rôle.

— Moi aussi. Bah, il n'y a que deux ou trois minutes de marche, depuis le presbytère et, heureusement, je n'ai vu personne en route. C'est encore moins probable de croiser quelqu'un à cette heure tardive — dix heures moins le quart —, d'autant qu'il fait presque nuit.

1. Au cliché de l'Anglais qui a cours en France — costume trois-pièces, chapeau melon, parapluie et *Times* sous le bras — fait pendant celui du Français, porteur d'oignons, tel qu'il est décrit ici. Il y a une variante avec baguette sous le bras et filet à la main, contenant vin rouge et camembert. (*N.d.T.*)

Mr. Jessyp réprima un sourire : comme la plupart des comédiens amateurs, il n'aimait rien tant qu'être vu en costume par des gens de sa connaissance. Il se réjouissait énormément à l'idée de s'enduire la figure de maquillage, la semaine suivante — du Leichner numéro cinq et neuf —, et de se mêler au public pendant l'entracte. Et puis, le costume du pasteur était loin d'être délirant, et sa timidité semblait excessive.

La sœur de Treeves, Molly, avait décidé que, si son frère comptait réciter le monologue de Stanley Holloway en se dispensant de son col de clergyman et du plastron noir qui l'accompagne, et en laissant sa chemise ouverte (du moins les boutons du haut), sachant que celle-ci était sans col, il ferait aussi bien de porter ses vieux habits de jardinage. Puis elle avait eu la riche idée d'aller farfouiller au grenier et y avait déniché une casquette que leur père aimait porter pour se rendre aux courses. C'est ce couvre-chef qui était maintenant résolument perché sur sa tête, bien que trop petit d'une taille.

— Alors, partons ensemble, voulez-vous ? Nous allons dans la même direction.

Wendy se sentait nettement mieux. Elle n'était guère habituée à boire, mais le premier gin tonic de la soirée lui avait ouvert l'appétit, le second la portant à être du même avis que Liz. Si Nigel se débarrassait de sa vieille veste de sport en tweed et s'achetait des fringues dans le vent, il ne serait pas vilain du tout. Elle ne s'attendait pas à ce que le pub eût un vrai restaurant, avec des nappes, une serveuse et tout, et l'air stupéfait de la fille, comprenant qu'elle servait « la » fameuse Marigold Naseby, lui avait magnifiquement remonté le moral. Tant et si bien qu'elle avait mangé toute la friture que Nigel avait commandée en entrée.

C'était bizarre d'engloutir des petits poissons entiers, avec les petits yeux et tout, mais ce n'était pas si terrible, si on regardait pas, et c'était bon.

Le filet de bœuf accompagné de pommes de terre nouvelles et de petits pois était meilleur encore. Nigel avait l'air d'avoir de l'argent à jeter par les fenêtres : il avait claqué *trente sacs* pour une bouteille de vin rouge, juste comme ça !

Il lui avait même proposé une liqueur pour accompagner sa mousse au chocolat, mais elle avait décliné, se sentant déjà un peu dans les vapes, et il n'avait pas insisté. Considérant qu'elle avait à peine ouvert la bouche pendant la première heure, sauf pour avaler du gin tonic, il avait été drôlement sympa. Paraissait se contenter de parler à n'en plus finir d'un quelconque collège qu'il fréquentait — elle n'avait guère fait attention. Et puis la conversation avait porté sur Cédric Benbow et sur le fait qu'elle avait gagné le concours ; ça l'avait un peu stimulée, elle, et entre ça et le vin, c'est à peine si elle s'était rendu compte qu'il lui avait pris la main, après que la serveuse eut apporté le café et demandé un autographe.

Ç'aurait été assez nul, vu les circonstances, de faire des histoires quand Nigel avait arrêté la voiture dans une petite impasse et était resté planté là comme un imbécile, avec manifestement envie de flirter. À franchement parler, elle commençait à se sentir elle-même un peu excitée ; ça changeait agréablement, après les jours passés à crever de trouille, et ça semblait la moindre des politesses de se pencher vers lui et de lui donner un long baiser bien juteux. Il le lui rendit bien et ils en échangèrent quelques-uns ; plutôt excitant, mais malcommode dans cette voiture minuscule. Heureusement qu'il n'avait pas suggéré de sortir, elle aurait facilement pu se laisser emporter.

Enfin, on était bien, juste assis là, garés à une centaine de mètres du *George and Dragon*, du côté opposé de la route. Nigel ne tentait rien, il se contentait de lui tenir la main et de lui baiser les doigts de temps en temps, d'un air rêveur. Plutôt romantique, non, avec la nuit qui tombait doucement.

Nigel, lui, aurait voulu que le temps suspendît son vol. Peu lui importait qu'on pût les voir. Nul ne pouvait envahir leur espace, le cocon de béatitude dans lequel il planait avec Marigold — il se prenait même à oser penser qu'elle était *sa* Marigold. Il lui pressa doucement la main, fou de joie en la sentant serrer la sienne en retour. Mais soudain, le geste de Marigold se fit violent, d'une férocité extraordinaire et peu naturelle : elle émit un gémissement, d'une voix assourdie et tremblante dont le volume devint de plus en plus fort, au point qu'elle plaqua sa main libre sur sa bouche pour arrêter le hurlement imminent, remplacé par une série de petits cris étouffés, comme un chiot enfermé dans un placard.

— Marigold ! Chérie, mais qu'est-ce qui se passe ?

Nigel l'observait, alarmé : elle fixait la direction du *George and Dragon,* les yeux lui sortant presque des orbites. Nigel tourna son regard dans le même sens, mais ne vit rien qui pût expliquer la conduite de Marigold : juste le pasteur et Mr. Jessyp qui sortaient du pub dans l'obscurité grandissante et qui traversaient la route avant de tourner dans leur direction.

— C'est *eux* ! Oncle Geo-or-orge ! Et A-a-Alfie ! Je veux pas qu'il me voient. Oh, *mon Dieu*, je veux pas qu'ils me voient ! s'exclama Wendy avant de cacher son visage contre la poitrine de Nigel et de s'agripper à lui en tremblant comme une feuille.

CHAPITRE XI

— Non, vous avez fait exactement ce qu'il fallait, Nigel, répéta Miss Seeton avec insistance, en le reconduisant avec fermeté vers la porte. Miss Naseby se sent déjà bien mieux, comme vous le voyez ; elle boit tranquillement un cacao[1]. Elle sera tout à fait en sûreté ici, avec moi, cette nuit. La chambre d'amis est confortable, je vous assure, et je lui ferai un lit en un tournemain. Et Miss Naseby n'aura pas à s'inquiéter parce que, à part nous trois, personne n'a la moindre idée d'où elle se trouve, n'est-ce pas ? Je suis sûre qu'elle peut vous faire confiance, ça va de soi, non ?

— Oh, oui, bien sûr, gémit Nigel avec ferveur. Tu peux me faire confiance, Marigold, bien sûr. Mais si seulement je pouvais vous persuader...

Miss Seeton voyait bien qu'elle n'aurait qu'un mot à dire et il monterait volontiers la garde toute la nuit, devant le cottage. Mais non, pas question.

— Téléphonez-moi demain matin, aussi tôt que vous voudrez, Nigel, et vous serez le premier à apprendre si Miss Naseby se sent capable de travailler. Je suis sûre que oui, vous savez. Allez, bonne nuit !

1. Boisson traditionnelle en Angleterre avant le coucher. (*N.d.T.*)

Nigel ne se laissa convaincre de partir qu'après une longue série de regards éperdus et adorateurs à sa chère et tendre, assise sur le canapé de Miss Seeton, un des châles de son hôtesse sur le dos, et tenant dans ses mains une tasse pleine de cacao.

C'est avec un soupir de soulagement que Miss Seeton ferma la porte derrière lui et la boucla à double tour. Nigel était un jeune homme si bien, par tant de côtés, mais, Dieu, qu'il avait embêté cette pauvre fille en la bombardant de questions incompréhensibles — et sûrement hors de propos — au sujet de sa famille ! Ça suffisait déjà, non, que quelque chose l'eût affreusement terrorisée, au point qu'elle avait affirmé, avec une véhémence presque hystérique, que, pour rien au monde, elle ne remettrait les pieds au *George and Dragon*, maintenant qu'*ils* — qui étaient-*ils* ? — l'avaient repérée.

Ce qu'il fallait à cette petite-là, c'était une bonne nuit de sommeil et, demain matin, un, ou peut-être même deux œufs des poules de Stan Bloomer, pondeuses en liberté. Tant qu'elle était dans cet état de nervosité exacerbée, ça ne servait strictement à rien d'essayer de la persuader qu'elle s'était imaginé des choses, et encore moins de lui poser des questions tout de même assez impertinentes sur sa famille. C'était des plus déplacé. Ce qu'il fallait, c'était s'asseoir tranquillement à côté d'elle, lui tapoter gentiment la main, peut-être — quand elle aurait fini de boire son cacao, bien sûr, sinon elle le renverserait... —, et parler de tout à fait autre chose, jusqu'à ce qu'elle se calme. Après quoi, on la mettrait au lit.

Wendy émettait encore un sanglot de temps en temps quand Miss Seeton vint la rejoindre sur le canapé, mais elle réussit malgré tout à lui sourire timidement.

— Je suppose que, vous aussi, vous me croyez complètement cinglée, comme Nigel.

— Juste ciel, non ! Ma chère petite, je me suis fait du souci pour vous depuis que je vous ai vue à la galerie, à Londres. Voyons, dites-moi donc un peu pourquoi la pensée de votre oncle George vous met en pareil état ?

— À vrai dire, ce n'est pas du tout son oncle, voyez-vous, Mr. Ranger. Pas plus que l'autre type — qui s'appelle Alfie — n'est son cousin, paraît-il. Quant à savoir s'ils sont apparentés ou non au bonhomme du téléphone, là, ce n'est pas entièrement clair à mes yeux.

Bob Ranger retira le combiné de son oreille et le considéra un moment, l'air médusé, avant de le remettre en place :

— Le bonhomme du téléphone, Miss Seeton ?

— Oui. Ou peut-être bien le Couperet.

— Le couperet ? De quelle sorte de couperet s'agit-il là ? Pour trancher le bacon ?

— Non, pas ce genre de couperet. Une personne. Un ami du bonhomme du téléphone. Il a été très déçu par sa femme, et à raison, je crois. Bien que cela ne suffise pas, évidemment, à justifier sa conduite honteuse.

Bob Ranger était assis dans le bureau de la grande maison du Dr Wright, à laquelle était rattachée une annexe abritant le cabinet et la clinique privée du docteur. Depuis ses fiançailles avec Anne, les Wright invitaient souvent Bob à passer la nuit chez eux, et ils l'accueillaient toujours à bras ouverts tous les trois, surtout sa fiancée. D'ailleurs, Anne était à ce moment même perchée sur les genoux de Bob ; pleine de tact, elle avait cessé de lui mordiller le lobe de l'oreille droite quand elle avait compris qui était au bout du fil.

— Je vois. Je veux dire, je crains de ne pas bien comprendre. Je crois que je ferais mieux de faire un saut chez vous, Miss Seeton, dit-il en jetant un bref coup d'œil sur sa montre qui indiquait onze heures un quart. À moins qu'il ne soit trop tard pour vous ?

— C'est très gentil de votre part de le proposer, mais je crains qu'en venant vous risquiez de chambouler Miss Naseby encore une fois, alors qu'elle s'est bien calmée, maintenant. Elle vous prendrait pour le Couperet, voyez-vous.

— Ah bon. Eh bien, je ne voudrais pas qu'elle aille s'imaginer une chose pareille.

— Oh, mon Dieu, non ! Si j'ai pris la liberté de vous appeler, c'est simplement pour vous dire qu'elle est ici avec moi, bien en sécurité, mais je pense malgré tout que ce serait utile, si vous pouviez trouver quelques minutes pour passer demain matin. La pauvre enfant, quand elle s'est mise à débiter son affaire, ça ressemblait tant à l'histoire de Suzanne et des vieillards, exactement telle que je l'avais imaginée ! Je suis sûre que, d'ici le petit déjeuner, je l'aurai convaincue de tout vous raconter. Et, au besoin, j'irai moi-même parler à Mr. Benbow. Avec fermeté. Pas question de faire la bêtise d'engager les services d'un autre modèle !

— Absolument pas, Miss Seeton, confirma Bob qui nageait complètement.

— Je crains qu'avant que je le persuade de nous laisser seules Nigel Colveden ait considérablement aggravé la confusion, en tentant de la persuader que c'était Mr. Treeves qui lui avait fait peur.

— Le pasteur ? Pourquoi diable voudrait-il faire peur à Marigold Naseby ?

— Je ne saurais dire. Il a d'excellentes intentions et, naturellement, il est fou amoureux d'elle.

— Pardonnez-moi, Miss Seeton, mais j'ai beaucoup

de mal à le croire. Il a certainement de bonnes intentions — ça paraît plus ou moins normal pour un pasteur —, mais...

— Non, pas le pasteur, Mr. Ranger, Nigel !

Il s'ensuivit un long silence avant que Bob ne parvienne à la décision de reprendre la conversation.

— Je vois. Oui. Bon, c'est très aimable de votre part de nous signaler tout ça, Miss Seeton, et je me ferai un plaisir de passer tôt, demain matin, pour parler un peu avec la jeune femme, si cela vous convient. Huit heures, c'est trop tôt ? Parfait. Allez, bonne nuit.

Anne leva les yeux sur lui tandis qu'il raccrochait.

— Je t'adore quand tu te mets à loucher comme ça, fit-elle avant de s'intéresser de nouveau à son oreille.

À peine trois heures plus tard, à une cinquantaine de kilomètres de là, dans le Sussex, sir Sebastian Prothero ressortait sans bruit par la fenêtre de la cuisine de Melbury Manor, adressait un petit signe d'adieu à la maison plongée dans l'obscurité, enlevait le sac à dos de ses épaules et le prenait nonchalamment en main, tout en marchant vers sa voiture.

Ç'avait été du gâteau, et penser qu'il avait failli s'abstenir, pour se réserver pour le boulot de Rytham Hall ! Décidément, les affaires humaines semblent régies par une sorte de mouvement de marées — il se souvenait vaguement de cette phrase que quelqu'un lui avait fait remarquer dans un de ses livres d'école. Et quand on se rend compte que la marée monte vers vous, on a intérêt à sortir ses ailerons gonflables, à se détendre et à en profiter. Un cadeau des dieux, pur et simple, le soir où le vieux Carfax, le géant de l'immobilier, était passé au *Club Mondial,* avec sa superbe nouvelle épouse.

A-t-on idée de jaspiner de la sorte ! Comme quoi il

avait prévu de descendre dans le Sussex, mais il serait obligé de rester en ville pour le reste de la semaine, parce que l'intendante qui s'occupait de Melbury Manor et l'habitait avait dû se mettre en cale de radoub pour faire soigner ses varices. Et maintenant, elle et son époux, le majordome-factotum, partaient pour Runcorn, ou un trou de ce genre, chez leur fille qui était mariée. Évidemment, on ne pouvait guère demander à Sandra de... Eh bien, le vieux Carfax avait au moins raison sur ce point-là. La nouvelle Mrs. Carfax était manifestement douée pour des choses sans rapport avec le ménage et, à en juger par les regards en coulisse qu'elle avait lancés à sir Sebastian, elle ne verrait pas d'inconvénient à lui montrer ses talents, d'ici quelques mois.

Quoi qu'il en fût, les Carfax étaient bien installés au *Claridge*, à Londres, et leurs domestiques, normalement gardiens de la propriété du Sussex, coulaient des jours paisibles à Runcorn. Pendant ce temps-là, Sebastian Prothero roulait tranquillement vers Londres dans sa caisse, avec son sac à dos. Lequel contenait présentement, outre ses gants de chirurgien en caoutchouc, ceux de coton blanc qu'il portait par-dessus, et la simple panoplie d'outils que l'expérience l'avait aidé à se composer, deux miniatures encadrées d'argent, une élégante pendulette en bronze doré à l'or fin et un très joli bracelet de diamants que Sandra avait bêtement laissé dans le tiroir de sa table de nuit. Si la pendulette avait été un poil plus grosse, Prothero ne l'aurait pas prise, un de ses principaux critères de sélection étant que les objets fussent portables. C'était un charmant bibelot, néanmoins, et il prendrait peut-être même le risque de le garder pour lui.

Ah, parfait, il y avait une station-service Esso ouverte vingt-quatre heures sur vingt-quatre. Dans le feu de l'action et enhardi par l'adrénaline, il était parti sans vérifier le niveau d'essence et n'avait regardé le voyant qu'une fois le boulot bouclé. Remontant en voiture après avoir fait le plein et payé, il s'avisa que ça n'avait guère de sens de rentrer à Londres. Il était encore bien trop excité pour dormir. On était déjà mercredi, le jour qu'il avait prévu pour descendre dans le Kent, jeter un coup d'œil de dernière minute, avant le moment fatidique. Pourquoi ne pas couper par les routes de campagne et s'offrir le plaisir de voir se lever encore une belle journée d'été ? Oui, pourquoi pas ?

Au lieu de reprendre la route de Londres en quittant la station-service, Prothero se dirigea plus ou moins droit vers l'est, empruntant un itinéraire qui lui ferait traverser Tunbridge Wells, pour se diriger vers Canterbury. Il se dit que Canterbury était un bon endroit où loger : au voisinage de Plummergen, mais assez loin pour éviter l'éventualité d'une rencontre accidentelle avec des membres du cirque Benbow. La ville était de plus bourrée de touristes, à cette époque de l'année — excellente couverture. Il gardait toujours dans sa voiture un sac de voyage prêt — il s'en était souvent félicité quand il lui arrivait de saluer une aube neuve dans la salle de bains d'une nouvelle petite amie —, et des vêtements propres. Donc, pas de problèmes de ce côté-là.

Bien que ne se prétendant pas doué pour la musique, sir Sebastian fredonna doucement quelques mesures de *C'est mon jour de chance*. Là-dessus, un bon petit déjeuner très matinal, histoire de se mettre l'estomac en train, dans un café de routiers ouvert toute la nuit, où il n'éveillerait pas la curiosité avec son visage pas rasé, son pull-over et son pantalon de couleur sombre, ses chaussures de toile à semelles caoutchouc. Voilà ce qu'il lui fallait. Après quoi il se trouverait une aire de stationnement sur une petite route de campagne pénarde, et il s'étendrait dans la voiture pour piquer un roupillon avant de se passer son rasoir à pile sur la figure.

Ensuite, changement de vêtements : enlever ses habits de travail et passer quelque chose de plus convenable pour Canterbury. Et en avant ! Via Plummergen, peut-être. Quel joli coup de culot ce serait que de trouver une cabine téléphonique à la sortie du village, d'où appeler Marigold Naseby au *George and Dragon* ! Un petit coup de fil matutinal, juste pour s'assurer qu'elle avait toujours la frousse et qu'elle était prête à jouer son rôle jeudi, selon ses instructions. Oui, ce serait d'une audacieuse élégance...

En attendant, mieux valait mettre un certain nombre de kilomètres entre Melbury Manor et lui. Encore tout bouillonnant d'adrénaline, Prothero passa la quatrième vitesse et tripota le bouton de la radio pour essayer de trouver de la musique à la hauteur de son exaltation.

CHAPITRE XII

Quand Bob arriva à *Sweetbriars* à huit heures précises, le lendemain matin, il trouva un conseil de guerre déjà réuni autour de la table de cuisine, avec Martha Bloomer dans le rôle de l'officier de ravitaillement, remplissant les tasses de café et offrant des tartines grillées aux participants. Au nombre desquels figuraient non seulement Miss Seeton et une Marigold Naseby à l'air aussi sidéré que soulagé, mais aussi Cédric Benbow, coquet en pantalon de lin blanc avec un haut qui rappelait une vareuse de marin, à part sa couleur bleu pâle. L'ensemble lui donnait un petit air délicatement nautique. Au bout de la table siégeait sir George Colveden, l'image même de la bonne humeur au teint fleuri.

— Ah, vous voilà, Ranger ! Bien joué. Prenez donc un siège, s'exclama sir George avec cordialité, ne laissant planer aucun doute sur l'identité de celui qui commandait. Des présentations s'imposent, s' pas ? Miss Seeton a déjà expliqué qui vous étiez, évidemment. Miss Naseby, permettez-moi de vous présenter l'inspecteur Ranger, de Scotland Yard ; Miss Marigold Naseby. Benbow, mon vieux, je vous présente Bob Ranger ; M. Cédric Benbow, le photographe distingué, qui m'a du reste très sportivement proposé de me faire visiter son studio, un jour. Mon fils, fit-il en baissant le ton, Nigel, était là aussi, mais il était désemparé, ce petit. Il ennuyait Miss Naseby et se mettait dans les pattes de tout le monde. Je l'ai envoyé au *George and Dragon* prévenir les autres que, finalement, il n'est pas nécessaire qu'ils se rendent au manoir avant neuf heures trente. Une goutte de café ? Je suis sûr que cette chère Mrs. Bloomer...

De rose, son visage passa au cramoisi et il s'arrêta : il venait de se souvenir, mais un peu tard, où il était. Bob salua Benbow et Wendy d'un signe de tête, ce qui permit enfin à Miss Seeton de réussir à placer un mot.

— Avez-vous déjeuné, Mr. Ranger ?

— Oui, merci. Mais je boirais avec plaisir un café. Merci, Mrs. Bloomer. Non, pas de toast, merci.

— Je crains que les événements ne nous aient un peu dépassés, Mr. Ranger.

— Ma faute, inspecteur, expliqua Benbow. Je me suis levé très tôt pour essayer d'attraper la lumière matinale. J'ai téléphoné au pub pour que l'équipe vienne me rejoindre tout de suite au manoir. Dix minutes plus tard, mon assistant m'a appelé en disant qu'on n'arrivait pas à trouver Marigold. C'est Nigel qui a reçu le coup de fil.

Sir George Colveden avait retrouvé son assurance.

— Le pauvre abruti ne savait que faire pour agir au mieux. Moi, j'étais déjà sur le pied de guerre, je donnais leur Copain Croquant aux chiens, vous savez — ils préfèrent que ce soit moi. En interrogateur consommé, j'ai eu tôt fait de tirer les vers du nez du gamin, qui a raconté que la p'tite — ah, je vous demande pardon, ma chère ! — que Miss Naseby était ici, chez Miss Seeton.

— Et Mr. Benbow m'a téléphoné, interrompit Miss Seeton, aimable mais ferme. Lui et moi sommes de vieilles connaissances, voyez-vous, et après ce que Miss Naseby m'a raconté hier soir, j'ai été ravie d'avoir l'occasion de lui dire deux mots seul à seule. Ç'aurait été difficile de le faire plus tard, parce que lady Colveden a gentiment proposé de venir me chercher à neuf heures et demie, pour aller ensemble chez le coiffeur à Brettenden. Pour la garden-party, vous savez. À Buckingham Palace.

— Fameuse pagaille, aujourd'hui, Ranger. On avait besoin de vous, sûr, eh bien, vous voilà. La voiture de location va venir nous prendre tous les trois à midi. Faut compter une paire d'heures pour aller jusque-là, plus le temps que les mousmées fassent un saut à l'hôtel, à Victoria Station, pour se pomponner un brin.

Bob, sentant pour la troisième fois qu'il était sur le point de sombrer, comprit qu'il était temps de passer à des mesures strictes. Il se racla bruyamment la gorge et prit une profonde inspiration, ce qui eut pour effet d'accentuer encore son gigantisme, réduisant momentanément tout le monde au silence.

— Miss Naseby, qu'avez-vous donc raconté à Miss Seeton, hier au soir ?

On frappait des petits coups à la vitre, légers mais insistants. Cela énerva Prothero qui se débattait pour émerger des brumes du sommeil. Et là, encore à demi endormi, il se rappela où il était. À la lisière de Plummergen, sur une petite route qui avait l'air de ne mener nulle part et qui, aux petites heures du matin, lui avait semblé idéale pour se garer et piquer le somme qui s'imposait indubitablement, après le plantureux petit déjeuner (œufs, bacon, saucisses et toasts) qu'il avait englouti dans le café de routiers, ouvert de nuit. Cette prise de conscience acheva de le réveiller complètement et il se remit droit comme un I sur le siège qu'il avait abaissé pour dormir plus à son aise.

Il crut un moment qu'il dormait encore et qu'il rêvait, et souhaita bientôt avec ferveur qu'il en fût ainsi. Car les petits coups frappés à la vitre étaient l'œuvre de cette vieille taupe, la toquée qui l'avait agressé près de Rytham Hall et qui avait failli le repérer devant la Galerie Szabo. Présentement, elle faisait des signes de tête amicaux et se répandait en sourires aimables, tout en mimant le geste de boire une tasse de thé.

Un instant tenté de démarrer et de filer sans cérémonie, Prothero se ravisa. Ça ferait sans doute plus de mal que de bien. Mieux valait essayer de s'en tirer par un bon bluff. C'est avec une certaine appréhension qu'il abaissa sa vitre avant.

— Je suppose que vous vous êtes assoupi après avoir écouté le concert des oiseaux, à l'aube, fit Miss Seeton. J'espère que je ne vous dérange pas, mais j'ai aperçu votre voiture de la fenêtre de ma chambre, voyez-vous, et je l'ai reconnue. Alors, comme il est près de neuf heures, je me suis dit que je viendrais vous demander si vous aimeriez une bonne tasse de thé ou de café. Les autres viennent de partir pour Rytham Hall, et il en reste plein. Du café, je veux dire, bien qu'il soit très facile de vous faire du thé, si vous préférez. Je sais que vous ne m'en voudrez pas si je vous laisse pour me préparer, parce que lady Colveden a la gentillesse de venir me chercher dans une demi-heure. Elle tient absolument à ce que nous soyons sur notre trente et un pour Buckingham Palace, voyez-vous.

Prothero réfléchit à toute allure. Folle, elle l'était sans aucun doute, avec ses divagations sur Buckingham Palace, mais elle avait mentionné Rytham Hall et lady Colveden, et cela l'inquiétait. D'autant qu'elle avait été à la galerie, aussi. Mieux valait jouer le jeu et découvrir quel rapport elle avait avec ça. Ça ne devrait pas être trop difficile, vu qu'elle était si intarissable ! Il fit un effort pour se mettre dans sa peau de charmeur et sortit de la voiture.

— Comme c'est aimable à vous ! Je vous demande d'excuser mon allure. Ma tenue, veux-je dire, et le fait que je ne sois pas rasé.

— Pensez-vous ! Je conçois très bien que les amateurs d'oiseaux se baladent à des heures impossibles. Quelle coïncidence, tout de même, que vous vous soyez garé si près de mon cottage !

— Non, ce n'est que bien plus tard que j'ai commencé à comprendre, monsieur. On se serait cru en train de prendre le thé chez le chapelier fou[1], là-dedans ! De toute évidence, la fille était à bout et n'attendait que le moment de cracher le morceau, mais sir George n'arrêtait pas de la mettre en garde en marmonnant : « Pas de noms, pas de parcours du combattant en punition[2], ma petite », avec des clins d'œil à l'adresse de la femme de ménage de Miss Seeton. Ils m'ont carrément rendu dingue, tous autant qu'ils étaient.

— Je vois le tableau, fit Delphick à l'autre bout du fil, qui faisait de son mieux pour ne pas pouffer en imaginant la scène. Mais vous me dites que vous avez commencé à comprendre plus tard, hein, racontez-moi ça.

— Oui, monsieur. Bon, avant que j'arrive, Miss Seeton et Cédric Benbow avaient apparemment déjà

1. Allusion à un personnage d'*Alice au pays des merveilles* et au climat d'absurdité surréaliste qu'y fait régner Lewis Carroll. (*N.d.T.*)

2. Sir George emploie une formule traditionnelle dans l'armée pour recommander la discrétion. (*N.d.T.*)

persuadé la fille de ne pas laisser tomber et d'aller à Rytham Hall pour la séance de photos quotidienne. Alors, comme de toute évidence on n'arrivait à rien autour de la table de cuisine de Miss Seeton, j'ai suggéré de lever la séance. Ça a été une véritable cavalcade. Nigel Colveden était très fâché quand Benbow a insisté pour que Marigold Naseby monte avec lui dans l'auto de sir George, au lieu de faire le trajet en MG. Si bien que Nigel s'est retrouvé coincé : il a hérité de moi, comme passager.

— Si vous êtes monté dans sa petite décapotable, je suis étonné que ce ne soit pas vous qui vous soyez retrouvé coincé, Ranger !

— Mmm. J'étais serré comme une sardine, je dois avouer, et je n'ai même pas réussi à tirer de lui le moindre renseignement utile. Il n'en finissait pas de parler du pasteur, pour une raison que j'ignore. Miss S a dû être ravie de nous voir lever le camp. Au fait, monsieur, vous saviez qu'elle allait à une garden-party à Buckingham Palace, cet après-midi ?

— Miss Seeton ? Juste ciel ! Non, je n'en avais pas idée. Les conseillers de Sa Majesté ont dû perdre les pédales.

— Avec sir George et lady Colveden. Franchement, c'est un fameux soulagement de ne plus les avoir entre les pattes pour le reste de la journée. Miss Seeton est partie chez le coiffeur avec lady C, mais le général a gardé le commandement des opérations au manoir pendant deux heures encore, jusqu'à ce qu'il soit temps pour lui de monter enfiler son habit. Jusque-là, il n'a pas arrêté de fureter partout, suivi du type de Securicor, parlant d'objets piégés et de fils déclencheurs, tendus autour de la propriété. Je pouvais pas faire grand-chose : il est juge de paix et c'est sa maison, après tout. Monsieur, je crois bien que tous les Colveden sont sonnés !

— Non, non. Comportement parfaitement normal dans la haute, je dirais. Et pendant ce temps-là, Benbow continuait allégrement à prendre ses petites photos, hein ?

— Oui. C'est étonnant, lui et sir George ont l'air de s'entendre comme larrons en foire. Marigold Naseby aussi avait repris le moral. Donc, tout se déroulait comme prévu, sauf que je n'avais plus qu'à me tourner les pouces. Jusqu'au moment où une voiture s'est pointée, juste avant midi, et sir George et lady Colveden sont partis chercher Miss S pour aller à Londres. À l'instant où ils ont disparu au bout de l'allée, Cédric Benbow a envoyé son assistant me chercher, a décrété une pause et m'a emmené faire un tour dans le parc. Excusez-moi de mettre si longtemps à expliquer tout ça, monsieur.

— Ne vous excusez pas, je suis tout ouïe.

— Comme je l'étais moi-même. Tout ce cinéma, ces chéri par-ci, chérie par-là, c'est juste pour épater la galerie, monsieur. En fait, Benbow est un type très direct, et malin comme un singe. En moins de six phrases, il m'a expliqué la situation très clairement. La fille a subi un chantage. Elle était plus ou moins mannequin amateur, modèle à la petite semaine, avant de se faire un nom en gagnant le concours. Elle a posé pour une série de photos style pin-up qui n'ont jamais servi, mais le malfrat a réussi à mettre la main dessus, on ne sait comment. Ce qu'il réclame pour ne pas les vendre aux torchons à scandales, c'est qu'elle pique des bijoux Lalique pour les lui refiler.

— Comment ça ? Je croyais qu'ils devaient être sous bonne garde, nuit et jour ?

— Il a parfaitement prévu son coup. Marigold est l'unique personne qui puisse s'arranger pour se retrouver seule avec un bijou, en se précipitant aux toilettes sous prétexte d'une envie subite. Là, elle a pour instruction de jeter le bijou par la fenêtre — qui tombera dans les mains du type, posté en dessous — et de ressortir en titubant, quelques minutes plus tard, blanche comme un linge, en racontant qu'il y avait un homme masqué, caché à l'intérieur des WC, et qu'il l'a menacée à la pointe d'un couteau pour la soulager du bijou.

— Pensez, personne ne croirait une histoire pareille, Bob !

— Bien sûr que non, monsieur. Elle se ferait aussitôt pincer comme suspecte et, plus tard, elle serait accusée d'association de malfaiteurs. Mais elle ne le sait pas. Alors que le maître chanteur, lui, est parfaitement au courant. Ce n'est pas un type recommandable. Il a carrément prévu de la jeter dans la gueule du loup. Il se fout comme de l'an quarante de ce qu'elle pourrait raconter après son arrestation, parce qu'elle n'a pas la moindre idée de qui il est. J'attends avec impatience le moment de lui mettre la main au collet, ajouta Bob pensivement.

Delphick frissonna.

— Vous avez raconté tout ça à Mr. Brinton, d'Ashford, je présume ?

— Oui, monsieur, avant de vous appeler. J'espère que j'ai bien fait.

— Naturellement. C'est lui que vous devez aider, pas moi ; c'est pour ça que vous êtes là. J'imagine qu'il n'est pas ravi que tant de gens soient au courant de tout ça...

— Le problème, monsieur, c'est qu'il y a tant de gens qui sont au courant, dit le commissaire Brinton au chef de la police de sa région. Je veux dire, en dehors de nous et de Scotland Yard.

— Qui est au courant, au juste ?

— Au juste ? Plutôt difficile à dire, monsieur. La jeune femme, évidemment, bien qu'on lui ait épargné l'explication des conséquences possibles de la chose. Les sales draps dans lesquels elle se serait retrouvée si elle avait gardé ça pour elle, je veux dire. Et puis, il y a Miss Seeton, qui a réussi à la convaincre de parler, Cédric Benbow et le général major Colveden.

— Seigneur ! George Colveden n'est pas homme à garder un secret.

— Là, je suis obligé d'abonder dans votre sens, monsieur. Mais il est hors d'état de nuire, jusqu'à demain, au moins, et là, avec un peu de chance, on devrait avoir mis la main sur notre coco. Au fait, cet après-midi, sir George et lady Colveden, plus Miss Seeton, sont tous à la garden-party de la reine. Ils ne seront pas rentrés avant que Benbow ait fini sa journée. Miss Seeton restera muette, j'en suis sûr. Et même si quelque chose lui échappe par inadvertance, je doute que son interlocuteur puisse avoir la moinde idée de ce qu'elle veut dire.

— Si vous le dites, Brinton. Je passerai peut-être moi-même un coup de fil ce soir à George Colveden, pour lui conseiller de la fermer. Ce photographe, là, Benbow : il est correct, dites-vous ?

— Personnellement, je ne lui ai pas parlé, mais il semble avoir impressionné l'inspecteur Ranger et je me fie assez à son jugement. D'après lui, Benbow a les idées claires, il est décidé et il a du sens pratique. Apparemment, il a eu vite fait de régler le problème de la fille, en l'assurant que, quoi qu'il arrive, il n'avait pas l'intention de la virer de ce projet Lalique. Ranger est convaincu qu'il ne vendra pas la mèche.

— C'est bon. Ça a l'air d'être un type bien. Bon, je sais que vous pensez que je suis un vieux curieux qui se mêle de ce qui ne le regarde pas, Brinton...

— Pas du tout, monsieur...

— Oh si, que si ! Mais si vous tenez à le nier, tâchez d'y mettre un peu plus d'ardeur et d'avoir un ton plus convaincant, hein ? Quoi qu'il en soit, voilà ce que je voulais dire : je ne peux pas croire que cette liste comprenne tout le monde. Il y a sûrement toutes sortes de rumeurs qui circulent, à l'heure qu'il est, non ? Vous savez comment sont les gens, dans les villages...

— Des racontars, pour ça oui, mais complètement à côté de la plaque, pour la plupart. Il y a une Miss Nuttel — vous ne la connaissez sans doute pas, monsieur, elle partage une maison avec une autre femme, Mrs. Blaine —, eh bien, ça fait des années que ces deux-là sont une véritable plaie pour nous. Avec des langues de vipères et une imagination débordante. Eh bien, la fameuse Miss Nuttel a alerté le flic du village, l'agent Potter, pour lui signaler que Nigel Colveden avait enlevé une jeune fille et l'avait livrée, dans un état épouvantable, à Miss Seeton qui, entre autres horreurs — d'après elle —, s'adonne presque certainement à la traite des Blanches et compte expédier la petite à Buenos Aires.

— À Buenos Aires ? Mais pourquoi, bon Dieu ? Il y a suffisamment de filières de la traite des Blanches à Londres ! À Maidstone et à Tunbridge Wells aussi, ça ne m'étonnerait pas.

— Tout à fait, monsieur. Elle a dit ça façon de parler, j'imagine.

— Sans doute. Mais le petit Colveden aussi doit être au courant, d'une manière ou d'une autre — vous avez mentionné son nom, tout à l'heure. Donc, je suppose que ça en fait un de plus à faire taire.

— Pas forcément, monsieur. Il ne sait rien des photos de pin-up et du chantage. Apparemment, il a dans l'idée que la fille a une peur panique de son oncle et d'un cousin, ou quelque chose dans ce goût-là. Il prétend qu'elle a vu le pasteur de Plummergen et le directeur de l'école du village sortir du *George and Dragon*, où elle loge, et qu'elle les a pris pour ces gens de sa famille. Elle en a conclu, hâtivement, qu'ils la pourchassaient et s'est mise dans un tel état que le petit Colveden s'est dit qu'il ferait mieux de l'emmener chez Miss Seeton.

— Une bien étrange méprise, non ?

— Pour faire justice à la petite, il semble que le maître chanteur — avec qui elle n'a eu aucun autre contact que par téléphone — l'ait menacée de louer les services de grosses brutes pour venir la tabasser, si elle ne jouait pas le jeu. Mais Nigel Colveden a tout compris de travers...

— Ha ! Tel père, tel fils... Cependant, je dois reconnaître que, l'un dans l'autre, Colveden père est un sacré finaud. Bon, alors, qu'est-ce que vous proposez de faire dans tout ça, Brinton ?

— Eh bien, pour dire les choses très simplement, d'organiser une embuscade et de le pincer, monsieur. De préférence la main dans le sac. Nous sommes convaincus qu'il est le mystérieux inconnu que Miss Seeton a vu rôder aux environs de Rytham Hall, il y a quelque temps. Et grâce au portrait extraordinairement ressemblant qu'elle en a fait, et aux réflexions de l'agent Potter, nous avons la quasi-certitude que le type en question a trouvé moyen de s'introduire au manoir sous un faux prétexte, la semaine dernière, pour repérer les lieux.

— Mais vous ne savez pas qui c'est.

— Pas le moindre indice, je le crains, monsieur. On a fait chou blanc, de ce côté-là. Mais on ne tardera pas à l'apprendre quand on lui mettra la main au collet.

Sir Sebastian Prothero prit une chambre au *White*

Swan, à Canterbury, sous le nom de l'échotier dont la connaissance s'était avérée si utile pour lui. Il était à peine plus de onze heures et demie du matin, mais il mit tant d'expression dans son regard que la réceptionniste, qui avait du reste reconnu son nom, décida, séance tenante, qu'il pouvait avoir la jouissance de la chambre tout de suite, sans attendre quatorze heures, comme c'est l'usage.

Le butin de Melbury Manor était enfermé à clé dans son coffre de voiture. Le *White Swan* avait droit à trois étoiles, tant dans le guide de l'Automobile Association que dans celui du Royal Automobile Club, bien que la taille du parking fût plutôt réduite. Tant mieux, du point de vue de Prothero, parce que ça voulait dire qu'il était strictement réservé aux clients et jalousement surveillé par un garde, lequel avait été heureux comme un roi quand il lui avait donné une livre de pourboire.

La marchandise serait donc parfaitement en sécurité, d'autant que la serrure du coffre n'était pas d'origine : c'était un système ingénieux et coûteux, que son créateur prétendait inviolable. Or, Prothero était de ceux qui ne reculent devant rien pour protéger leurs biens, même si, bien sûr, il était ravi qu'il y eût si peu de gens qui prennent autant de précautions que lui.

L'eau du bain était bien chaude et il se prélassa dans la baignoire un bon moment, passant en revue chaque détail de la situation, et ne voulant pas s'avouer qu'il allait devoir faire quelque chose à propos de Miss Seeton. La lecture des journaux populaires constituait une part importante du travail de Prothero et ç'avait été un choc épouvantable pour lui, quand la Miss s'était présentée, de se rendre compte qu'il avait affaire au fameux Pébroque vengeur. En personne. Il avait dû faire un fameux effort pour s'asseoir là, dans son cottage, à boire son café en conversant poliment, tout en sachant qu'elle était en cheville avec la police, même si elle donnait l'impression d'être siphonnée.

Ce n'est que plus tard, sur la route de Canterbury, que l'idée de la supprimer lui était venue, pour être aussitôt rejetée. Pas question : il était un maître cambrioleur, certes, mais pas un assassin. Un mercenaire, un monte-en-l'air de grande classe, pas un tueur. Mais, insidieuse, l'idée lui revenait, sous des formes subtilement différentes. Pas un tueur ? Rappelle-toi. Comme la plupart des militaires de carrière, l'ex-capitaine Prothero du régiment des *Guards* était un tueur *entraîné*. Et nous devons tous mourir, un jour. Miss Seeton était âgée. De toute façon, il ne lui restait pas tant d'années que ça. Qui plus est, elle était dangereuse car, si elle était aussi maligne que les journaux le prétendaient, et si Scotland Yard avait une si haute opinion d'elle, elle était parfaitement capable d'avoir délibérément mis en scène leur petite conversation.

Mais surtout, qu'elle fût ou non déjà à ses trousses, elle était en mesure de l'identifier, de confirmer qu'il s'était trouvé au voisinage de Rytham Hall dans des circonstances louches, la semaine précédente. Juste quand tout allait si bien, bon sang, et qu'il avait la situation parfaitement en main, avec une organisation de première !

Cette bécasse de petite Naseby était réduite à un état de terreur panique et ne demandait pas mieux que de suivre ses instructions à la lettre, le lendemain. Pendant que les acolytes de Benbow seraient tous occupés à danser au moindre geste de cette vieille pédale, ça va sans dire. Ce qui signifiait qu'il pourrait prendre son temps pour s'installer dans l'excellente cachette qu'offraient les buissons, à quelques mètres de là, et, quand l'alarme serait donnée, sir Sebastian Prothero serait déjà loin. D'autant plus qu'on ne le rechercherait pas. Tout au plus tenterait-on, quelque temps plus tard, de retrouver une voix, entendue au téléphone. Et là, bonne chance, messieurs !

Mais tout cela à condition, d'abord, de se débarrasser de cette bonne femme Seeton.

Il se hissa hors de l'eau et attrapa la serviette. Il fallait agir ce soir même.

CHAPITRE XIII

Initialement, le sous-directeur adjoint Roland Fenn n'avait pas l'intention de se rendre en personne à la garden-party de la reine, mais la simple curiosité eut finalement raison de lui. Il n'avait pas besoin d'invitation, en tant que chef des Services spéciaux, mais il fallait trouver le temps de faire un saut chez Moss Brothers, à Covent Garden, pour louer la tenue appropriée. Ce qu'il avait fait l'après-midi de la veille.

Superbe en habit, gilet perle, cravate argent, et haut-de-forme perché avec désinvolture sur sa tête impeccablement coiffée, il descendait présentement Buckingham Gate en direction du palais, ravi de sentir sur lui les regards — admiratifs, il n'en doutait pas — des passants en tenue ordinaire. Après tout, on n'était guère qu'à cinq minutes de marche de New Scotland Yard. Lors des événements de grande ampleur, telle cette garden-party, chaque invité était muni d'une carte, il le savait, spécifiant celle des nombreuses entrées du parc qu'il devait emprunter. Vu son rang et ses responsabilités, Fenn aurait parfaitement pu pénétrer par la porte principale mais, poussé par l'envie de se mêler à la foule aussi discrètement que possible, il tourna dans Buckingham Palace Road, traversa, suivit le grand mur d'enceinte jusqu'au-delà des Royal Mews[1] et parvint à l'entrée qui donne sur Grosvenor Place.

Là, une demi-douzaine d'invités à la garden-party — ça se voyait ! — attendaient assez patiemment de tendre leur carton d'invitation à l'un des deux policiers en tenue qui les dévisageaient, un à un, sous l'œil hautain d'un garde à taille de géant, en veste rouge, qui surveillait la scène sous son énorme bonnet de fourrure d'ours.

Joli spectacle, songea Fenn. Une fois de plus, les devins royaux s'étaient débrouillés pour qu'il fît un temps de rêve. Ou peut-être s'étaient-ils contentés de recommander un jour de la quinzaine de Wimbledon, pendant laquelle il fait toujours beau. Gantées de blanc, ces dames étaient charmantes en robe de soie estivale. Quel plaisir, aussi, de les voir toutes en chapeau, à une époque où tout est par trop relâché ! Et tous les messieurs en habit, comme lui-même, à une exception près : un évêque noir, d'imposantes proportions, vêtu d'une splendide soutane, plus proche du rose indien que de la pourpre épiscopale, mais néanmoins admirablement seyante, songea Fenn, prenant soudain conscience qu'il y avait un problème, à l'entrée.

Fenn contourna le groupe. Sans doute dûment impressionnés par l'occasion, les invités qui faisaient la queue pour entrer ne pipèrent mot, bien trop polis pour protester, mais il y eut un certain remue-ménage et des regards désapprobateurs. Le groupe s'étoffait à mesure que le rejoignaient de nouveaux arrivants, car, apparemment, plus personne n'entrait. Une fois que Fenn put voir ce qui se passait à l'entrée, la raison du désordre lui fut révélée sous la forme d'un monsieur irascible, accompagné d'une dame qui était de toute

1. Anciennes écuries royales, converties en habitations, dont certaines servent à loger le personnel du palais. (*N.d.T.*)

évidence son épouse, car elle le tirait par la manche, l'air aussi furieux que gêné. Le monsieur était en train de réprimander un des policiers à cause de... mais oui, forcément, ça ne pouvait être qu'elle ! Miss Seeton, qui se tenait là, douce comme un agneau.

Il n'y avait pas de temps à perdre. Fenn se fraya un chemin dans la foule, ignorant le garde qui avançait d'un pas menaçant, et prit le second policier en aparté après lui avoir glissé deux mots à l'oreille. Dos à la foule qui attendait devant les portes, Fenn lui montra prestement sa carte de sous-directeur adjoint. Le policier faillit s'étouffer de surprise, et se mit au garde-à-vous.

— Que diable se passe-t-il ? demanda Fenn.

— Il n'y a pas de problème avec le monsieur et sa femme, monsieur. Mais la dame qui est avec eux, celle qui a le parapluie, elle est censée entrer par une autre porte. Son carton ne correspond pas à celle-ci, et le monsieur proteste.

— Et il a sacrément raison, bon Dieu ! Ils sont ensemble, tous les trois. Je sais qui est cette dame, et je m'en porte personnellement garant. Maintenant, dites à votre collègue d'arrêter cette petite plaisanterie et faites-moi entrer ces trois personnes illico !

Fenn ne voulait pas être identifié comme sauveur, pas plus par le couple — les Colveden, il le savait — que par Miss Seeton. Il l'avait reconnue, elle, pour s'être trouvé dans le bureau de Delphick, à l'arrière-plan, lors d'une des visites auxquelles la conviait parfois l'Oracle, quand il voulait lui soutirer des renseignements. Cependant, ils n'avaient pas été présentés l'un à l'autre, et il était peu probable qu'elle se souvînt de lui, surtout vêtu de la sorte. Il préféra foncer droit vers les jardins et mettre quelques personnes entre lui et elle, avant de se retourner pour s'assurer qu'on avait bien suivi ses instructions.

C'était le cas, en effet. Sir George, lady Colveden et Miss Seeton étaient maintenant bien visibles. Sir George, l'air encore un peu énervé, parlait à Miss Seeton avec force gesticulations ; lady Colveden, quant à elle, avait déjà dû repérer une connaissance. Elle était en conversation avec une dame âgée à l'ourlet en partie décousu et coiffée d'un chapeau qui datait visiblement d'avant-guerre. Superbe ! Sous l'œil intéressé de Fenn, lady Colveden se retourna et fit signe à son mari de la rejoindre, tandis que Miss Seeton profitait de l'occasion pour se détacher de son protecteur et champion.

Une fois libre, elle regarda autour d'elle d'un air soulagé que Fenn perçut, même de loin. Puis elle emprunta une allée latérale, s'arrêtant de temps en temps pour se baisser et inspecter un massif de fleurs pluriannuelles. Fenn lui emboîta le pas, à distance respectable, trop content de l'occasion d'étudier son comportement à loisir. Il était curieux de voir combien de temps l'inspecteur principal, dépêché par les Services spéciaux pour organiser sa rencontre (« fortuite ») avec Wormelow Tump, mettrait pour la repérer et l'identifier.

— Pom, pom, pom, fredonna gaiement Miss Seeton. Puis, plus tard : — Tralala *pom pom.*

Elle pencha légèrement la tête pour mieux suivre la mélodie qui parvenait de l'orchestre, à distance. *The Yeomen of the Guard*, peut-être ? Ou était-ce *H.M.S. Pinafore* ? Il est si facile de se tromper, entre les différentes opérettes de Savoy. Ah, quel plaisir d'être un peu seule un moment, mais il ne fallait pas trop s'éloigner. Sir George avait bien insisté sur ce point et, de toute façon, ce ne serait guère poli de délaisser trop longtemps ses hôtes. Hum, des hôtes, façon de parler. Puisque, en fait, elle était l'invitée de Sa Majesté même si, comme l'avait souligné lady Colveden, il était fort improbable qu'on fît plus que l'apercevoir brièvement, de loin.

Néanmoins, les Colveden étaient si gentils et si généreux ! Il n'était peut-être pas nécessaire que sir George parlât *tout à fait* aussi fort, à l'entrée, mais c'est vrai que les officiers, habitués à se faire entendre, à la parade, doivent avoir du mal à baisser le volume quand ils prennent leur retraite. Elle n'aurait vu aucun inconvénient, quant à elle, à se rendre seule à l'entrée correspondant à son carton, celle que le policier lui avait clairement indiquée sur le plan figurant sur l'invitation. Très clairement, et à plusieurs reprises. Mais, d'une manière ou d'une autre, sir George l'avait emporté et, finalement, tout était allé très vite quand les policiers — qui, après tout, avaient des instructions ! — avaient changé d'avis et consenti à les laisser entrer ensemble. Et ce n'était manifestement pas déplacé de porter un parapluie qui devait sans doute compter comme ombrelle.

Ainsi, elle se promenait dans les jardins de la reine ! Quel privilège, avec tant de fleurs superbes partout ! Les pelouses étaient déjà spectaculaires, et il y avait un lac, aussi. Par là, on découvrait une énorme tente, ouverte d'un côté, et la façade arrière du palais, dominant paisiblement la scène. Tiens, un papillon, d'une exquise beauté, là, entre ces fleurs ! Miss Seeton s'arrêta net, fourra son parapluie sous le bras et se pencha pour l'admirer de plus près. Percevant alors un cri étouffé, derrière elle, elle regarda par-dessus son épaule : un jeune homme en habit la contemplait d'un air de reproche douloureux, se tenant l'entrejambe.

— Oh, mon Dieu ! Je vous demande de m'excuser. Comme c'est maladroit de ma part !

Légèrement titubant, l'inspecteur principal Adrian Harlow ferma un instant ses yeux larmoyants et, au prix d'un immense effort de volonté, réussit à se reprendre et à adopter une posture plus conventionnelle.

— Je vous en prie, madame, tout va très bien.

Épouvanté d'entendre l'espèce de coassement étranglé et éraillé qui lui sortait de la gorge, au lieu de la douce voix de baryton qui faisait sa fierté, il se racla la gorge et osa une nouvelle tentative.

— Pas de dégâts, je vous assure.

Heureusement, grâce au ciel, mais il l'avait échappé belle. C'était donc vrai, ce qu'on racontait : la bonne dame était une véritable terreur, avec son satané pépin. Pense positivement, Harlow, se dit-il, essaie de voir le bon côté de la chose. Au moins, il l'avait identifiée. Comme d'habitude, il y avait pas mal d'autres vieilles chouettes à l'air un peu toqué qui déambulaient dans le parc mais aucune autre, sûrement, qui correspondît si parfaitement à la description et à la photo qu'on lui avait fournies. Mieux valait s'en assurer, tout de même.

— Pas le moindre problème. Mais, peut-être devrais-je me présenter : Harlow, Adrian Harlow.

— Bonjour, Mr. Harlow. Je m'appelle Emily Seeton, Miss. Vous me rassurez, mais c'était malgré tout très léger de ma part. C'est le papillon qui a attiré mon attention, voyez-vous. Ça, et le fait que j'hésitais entre *The Yeomen of the Guard* et *H.M.S. Pinafore*. Ou serait-ce plutôt *The Gondoliers* ? Que l'orchestre est en train de jouer ?

— Je crois qu'en réalité c'est un air de *South Pacific*, Miss Seeton, précisa-t-il, à présent capable de penser plus ou moins clairement, car la douleur avait presque entièrement disparu. Est-ce la première fois que vous assistez à une garden-party ?

— Oh, mon Dieu, oui ! D'ailleurs, je n'arrive toujours pas à me figurer pourquoi on m'a fait un tel honneur.

— Je suis certain que vous ne vous faites pas justice. Je vous envie. Il faut que je vous explique, je ne suis pas vraiment un invité, plutôt un membre du personnel du palais. Hum, on pourrait dire chargé des relations publiques, en quelque sorte. Pour faire les présentations entre invités, par exemple, ce genre de choses. Du reste, si cela vous intéresse, je serais ravi de vous signaler une ou deux des célébrités présentes aujourd'hui.

— Comme c'est aimable à vous, Mr. Harl...

Miss Seeton s'interrompit, gênée, s'avisant tout d'un coup qu'elle se trouvait en compagnie d'une manière de membre de la Cour qui pourrait bien avoir un titre.

— Euh, c'est-à-dire, j'espère que je ne commets pas d'impair en vous disant « monsieur » ?

— Non, absolument pas. Dirigeons-nous tranquillement vers la tente, voulez-vous ? Regardez, juste là, vous voyez l'homme qui discute avec l'officier de marine ? C'est James Callaghan, le député. Il a lui-même combattu dans la marine, pendant la guerre. Et voilà l'archevêque de Canterbury, en conversation avec le directeur général de la BBC. Voulez-vous que je fasse les présentations ?

— Oh, mon cher Mr. Harlow, je ne saurais imposer ma présence à des personnages aussi éminents ! Je ne suis qu'un simple professeur à la retraite, une personne sans importance aucune. Je n'aurais pas la moindre idée de ce qu'il faut dire à l'archevêque. Bien que, dans un sens, j'appartienne à son diocèse. Canterbury est assez voisin de Plummergen, voyez-vous... mais, j'oublie, l'archevêque n'y réside pas, bien sûr. Non, non, je vous assure que c'est déjà plus qu'assez — un grand plaisir, même — de savoir que je vais pouvoir raconter au pasteur et à Miss Treeves que je me suis trouvée si proche de Son Éminence.

— Bon, très bien, mais il faut que je vous trouve quelqu'un avec qui vous auriez plaisir à converser, Miss Seeton. Dites-moi, qu'enseigniez-vous avant de prendre votre retraite ?

— Oh, ça n'a guère d'importance mais, de fait, j'enseignais les arts plastiques.

— Ah, vous êtes une *artiste* ! Mais c'est passionnant ! Je suis sûr que le président de la Royal Academy et lady Casson sont parmi les invités. Je vais tâcher de les repérer...

— Ah non, je n'*oserais* jamais ! De plus, vous faites erreur en croyant que je suis une artiste. J'ai compris très tôt que, la meilleure chose que je pouvais espérer, ce serait d'enseigner, d'essayer d'aider les jeunes à apprécier l'art... Et de me réjouir si, d'aventure, j'avais le privilège de pouvoir aider et encourager un ou deux *vrais* artistes en puissance. Bon, vous avez été plus qu'aimable, Mr. Harlow, mais je n'ai déjà que trop abusé de votre bienveillance...

— Eh bien, si vous êtes vraiment sûre, Miss Seeton. Je suppose que, de toute façon, vous devez être prête à déguster une bonne tasse de thé. J'ai été très heureux de faire votre connaissance et je viendrai peut-être vous rejoindre un peu plus tard... Ah, regardez, je crois bien que les voilà qui sortent !

Il y eut un certain remue-ménage sur la terrasse et le chef d'orchestre interrompit l'air de *Salad Days* en plein refrain. Là-dessus, quelqu'un hurla des ordres, incompréhensibles pour la majorité des présents, et les accords du *God Save the Queen* flottèrent parmi la foule.

Dix minutes plus tard, l'inspecteur principal Harlow

se trouvait aux côtés du chef des Services spéciaux, à une vingtaine de mètres de Miss Seeton. Une fois l'hymne national terminé, les membres de la famille royale étaient descendus de la terrasse pour rejoindre la pelouse centrale d'où ils étaient partis, séparément, dans différentes directions. À présent, chacun d'eux, accompagné par des écuyers en uniforme, des dames d'honneur ou les deux — selon le sexe et le rang —, se trouvait au centre d'un cercle assez considérable d'invités.

La reine était totalement invisible derrière le dense bosquet que formaient ceux qui l'entouraient. La tête du duc d'Édimbourg pointait de temps en temps, par-dessus le groupe de ses admirateurs, et la princesse Alexandra était aussi assez grande pour qu'on la vît apparaître par moments. On devinait des manières d'une impeccable courtoisie, et c'est à peine si un petit air amusé flottait sur son visage.

Miss Seeton, qui ne s'était pas jointe à l'un de ces groupes, se tenait devant une des tentes dans lesquelles on servait à boire. Elle semblait fort sereine, une tasse de thé dans une de ses mains gantées de blanc.

Fenn était de bonne humeur.

— Dites donc, vous l'avez repérée assez tôt, Harlow. Mais que diable faisiez-vous ? À vous voir, j'ai cru un moment que vous étiez sur le point de jouer les exhibitionnistes !

— Bien au contraire, je vous assure, monsieur. À vrai dire, le fameux Pébroque vengeur a bien failli mettre un terme définitif à ma vie privée. Elle m'a eu, avec la pointe métallique, juste dans...

— J'ai bien pensé qu'il se passait quelque chose dans ce goût-là. Sinon, tout marche comme prévu ?

— Oui, monsieur. Au moins, ça m'a donné une excuse pour me présenter et pour vérifier que c'était bien elle. J'ai également pu lui faire dire qu'elle était professeur d'arts plastiques. Ça n'a pas vraiment de rapport étroit avec la profession de notre sujet, mais il faudra s'en contenter, comme raison de les présenter l'un à l'autre. Dès que j'aurai localisé le sujet, je le mènerai à elle.

— Pas besoin de continuer à dire « le sujet », Harlow. On dirait un de ces détectives privés un peu louches qui cognent aux portes des hôtels, selon un plan convenu à l'avance, pour fournir des preuves dans les affaires de divorce. Le type s'appelle Tump, Wormelow Tump. Quel nom extraordinairement bête, par-dessus le marché !

— En effet, monsieur. Il est ici, quelque part, sans nul doute, j'ai vérifié. J'espère seulement qu'il ne se trouve pas au milieu de la foule qui se presse autour de Sa Majesté.

— Ça m'étonnerait. Guère le genre de S. M., je dois dire. Cependant, il s'entendait parfaitement avec la reine Mary, avant qu'elle ne meure. Elle emmenait Tump faire le tour des antiquaires avec elle, paraît-il. Je me demande si c'est vrai qu'elle était encline à oublier de payer — par accident ou à dessein ? Cela dit, que pensez-vous d'elle ? De Miss Seeton, pas de la reine Mary.

Harlow haussa les épaules.

— À part le fait d'être un danger public, avec son parapluie, c'est plutôt une charmante vieille dame, j'ai trouvé. Douce et inoffensive, lectrice du *Daily Telegraph*, patriote... Tenez, regardez comme elle se régale du spectacle, monsieur. Le plus beau jour de sa vie, je crois bien.

— Ne la sous-estimez pas. Elle ne cherche pas à s'approcher des membres de la famille royale, elle se contente d'observer ceux qui les regardent. Et nous la regardons les observer. Personnellement, je ne me hasarderais pas à deviner ce qui lui passe par la tête. Oh, j'ai failli oublier de vous préciser le détail le plus important : elle a récemment fait connaissance de Wormelow Tump.

— Ah ! Voilà qui est *effectivement* utile à savoir.

— Oh, juste en passant, d'après ce que j'ai cru comprendre, à l'occasion de la réception inaugurale d'une exposition. Ça ne veut donc pas dire qu'ils ne soient pas de parfaits inconnus, l'un pour l'autre. Tenez, ce n'est pas Tump, là, en train d'engouffrer des canapés au concombre tout en discutant avec ce type à l'air mollasson et à la moustache tombante ?

Harlow regarda dans la direction indiquée.

— Où ça ? Ah oui, je le vois, maintenant. C'est bien lui, monsieur.

— Qui est ce type, avec lui ?

— Je n'en suis pas sûr, monsieur, mais j'ai vaguement dans l'idée qu'il a quelque chose à voir avec un des musées ou une grande galerie d'art.

— Dans ce cas, tant mieux. Eh bien, emmenez donc cette chère dame vers eux, inspecteur, et faites durer la conversation aussi longtemps que vous pourrez. Et, souvenez-vous : j'attends de vous un compte rendu aussi littéral que possible.

L'heure du thé arrivée, Mel Forby était encore étonnée. Quoique pas autant qu'elle l'avait été avant le déjeuner où, traversant le hall du *White Swan* dans l'intention de sortir se promener, elle avait vu arriver un bel homme, bien habillé, et s'était trouvée assez près de la réception pour assister à son numéro de charme sur l'employée. Se souvenant vaguement de l'avoir déjà aperçu quelque part, elle s'était elle-même approchée de la réception, sous prétexte de feuilleter des brochures à la disposition des clients. Et quand le nouvel arrivant avait disparu dans l'escalier monumental, clé et sac de voyage en main, le regard de Mel avait croisé celui de la réceptionniste et les deux femmes avaient échangé un sourire de connivence.

— Plutôt appétissant, avait remarqué Mel.

— Plutôt ! Mais je parie que vous ne savez pas qui c'est. C'est un échotier à succès, avait soupiré la jeune femme. Il doit connaître des quantités de femmes vraiment superbes.

Ayant appris le nom du journal et celui que l'homme avait inscrit sur le registre de l'hôtel, Mel avait ajouté quelques plaisanteries avant de sortir faire sa promenade. Elle avait besoin de réfléchir : elle connaissait l'échotier en question et savait bien que ce n'était pas l'homme qui venait d'arriver à l'hôtel. Celui-ci était un imposteur.

À présent, trois ou quatre heures plus tard et après un certain nombre de coups de fil, elle savait avec certitude où elle l'avait déjà vu : au *Club Mondial.* Elle connaissait aussi son identité et en savait assez long sur son compte. Ce qu'elle essayait encore de découvrir, c'est ce qui pouvait bien le pousser à descendre au *White Swan,* à Canterbury, sous une fausse identité.

Mel termina son gâteau en dégustant son thé à petites gorgées. Ce petit mystère l'intriguait et valait la peine d'être éclairci. Des fois qu'il y aurait une histoire à la clé... En attendant, faut pas que j'oublie que Miss Seeton est à Buckingham Palace, à goûter un échantillon de la grande vie. Je me demande comment elle s'en tire, au milieu de tous ces richards et gens de la haute...

CHAPITRE XIV

— Je crains bien de l'avoir perdue, monsieur. Enfin, pas exactement. Elle est quelque part à l'intérieur du palais, avec Wormelow Tump. Mais je n'ai pas pu les suivre sans le mettre en alerte.

— Ça n'a pas la moindre espèce d'importance. En fait, je suis ravi de l'apprendre. Je constate qu'on vous a laissé dans l'ignorance du but réel de la manœuvre, inspecteur, mais vous avez fait du beau boulot, croyez-moi sur parole. On vous avait demandé de faire en sorte que Miss Seeton et Wormelow Tump se rencontrent : eh bien, vous avez réussi.

— Mais vous vouliez un compte rendu de leur conversation.

— Euh, oui, je sais bien que j'ai dit ça, mais parce que je supposais qu'ils ne passeraient qu'une ou deux minutes ensemble, après quoi, chacun repartirait de son côté. Eh bien, de quoi ont-ils parlé pendant que vous *étiez* avec eux ?

L'inspecteur principal Harlow posa sa tasse de thé vide et la soucoupe sur une table qui se trouvait là, lécha délicatement une goutte de lait attardée sur ses doigts, puis se tourna vers son supérieur avec un soupir :

— Même avec la meilleure bonne volonté du

monde, j'ai bien peur de ne pouvoir reproduire leurs propos mot pour mot. Miss Seeton a le style de conversation le plus bizarre que j'aie jamais vu : ce n'est pas tant qu'elle a le cerveau ramolli, mais plutôt qu'elle passe son temps à courir après la moindre idée qui lui passe par la tête, au hasard, pour revenir en arrière et rectifier ce qu'elle vient de dire. Un psychologue qui lui ferait faire un test d'associations d'idées serait au septième ciel.

— Je vois ce que vous voulez dire. Je l'ai moi-même entendue sévir... Dites-moi juste l'essentiel.

— Très bien, monsieur. Je dois d'abord préciser que, quand je me suis présenté à Miss Seeton, je lui ai raconté une histoire selon laquelle j'étais membre du bureau de presse et de relations publiques du palais, et je suis sûr qu'elle l'a gobée toute crue. En revanche, je ne savais pas tellement quelle stratégie adopter avec Tump. Bien sûr, je le connais assez bien, de vue; on s'est croisés plusieurs fois, mais on ne s'est jamais parlé.

— Je sais. C'est pour ça que je vous ai choisi pour ce travail.

— Oui, je comprends, monsieur. Mais, comme il passe ici au moins une fois par semaine, voire davantage, naturellement, je ne peux pas être sûr qu'il ne m'ait pas remarqué et qu'il ne soit pas capable de faire le rapprochement. Quand je lui ai amené Miss Seeton — l'autre bonhomme avait levé le camp entre-temps —, il m'a gratifié d'un regard légèrement interrogateur, mais il est tout à fait plausible qu'il se soit dit qu'il m'avait déjà vu, sans savoir où. Alors, j'ai décidé de ne pas prendre de risques et de lui raconter plus ou moins la même chose qu'à elle, au cas où elle y ferait allusion. J'irai dire un mot au chef de presse pour le mettre au courant.

— C'est ça, oui, on vous paie pour faire fonctionner vos méninges. Poursuivez.

— Excusez-moi, monsieur. Eh bien, Tump se souvenait effectivement d'avoir rencontré Miss Seeton à la galerie de Bond Street et ils se sont mis à bavarder comme de vieux amis. Elle l'a remercié d'avoir aidé une personne du nom de Miss... Lazenby, je crois bien...

— Naseby, de fait. Poursuivez.

— Ah bon. En tout cas, cette Miss Naseby a apparemment eu des ennuis avec son oncle et le pasteur du coin. Miss Seeton s'est longuement étendue là-dessus, mais je n'ai pas vraiment pu saisir de quoi il s'agissait, sauf que, maintenant, elle va bien. Miss Naseby, je veux dire, précisa Harlow qui s'interrompit, confus, et s'excusa. Oh, pardon, monsieur. On dirait que sa façon de s'exprimer est contagieuse... Quand ils en ont eu fini avec Miss Naseby, ils sont passés à Cédric Benbow. Vous connaissez, monsieur, le photographe de mode chic et choc.

— Je connais. Il se trouve actuellement dans le Kent où il prend des photos pour le magazine *Mode* dans un manoir, à la campagne, près du village de Miss Seeton.

— Ah! Rytham Hall, c'est ça?

Fenn acquiesça et Harlow eut l'air satisfait.

— Eh bien, voilà qui dissipe un peu de brouillard dans ma tête, au moins. Il semble que ce Benbow soit un ami personnel de Tump et de Miss Seeton. Elle a été aux Beaux-Arts avec lui, paraît-il. Je ne sais pas où Tump l'a connu, lui, mais en tout cas, Benbow l'a invité à venir demain au fameux Rytham Hall, pour le regarder opérer. Miss Seeton a dit qu'elle se réjouissait de le revoir là-bas. Arrivés à ce point de la conversation, ils m'ignoraient plus ou moins, tous les deux, ce qui ne me gênait pas. Puis la conversation a pris un tour convenu, du genre « Vous venez ici souvent ? », et Tump a frimé un brin : comme quoi il avait un appartement et un vrai bureau au palais St. James, à deux pas, et ce qu'il a appelé un « placard », ici, près des chambres fortes où est conservée une partie des objets. Des cadeaux de dignitaires d'outre-mer qu'on est obligé d'aller repêcher, je suppose, quand l'ambassadeur ou le je-ne-sais-quoi du pays concerné vient déjeuner.

— Vous l'avez déjà vu, vous, Harlow ? Son fameux « placard » ?

— J' crains que non, monsieur. Ça fait près d'un an que j'ai été nommé ici, mais je doute que j'aie vu même un quart des pièces de cet immense terrier et de ses ramifications. Alors, vous pouvez imaginer que Miss Seeton en est restée baba quand il lui a proposé de le lui montrer. Tump l'a entraînée en direction de la terrasse, me montrant clairement qu'il m'excluait de l'invitation. Je suppose qu'à l'heure qu'il est Miss Seeton est en train d'admirer les pièces les plus intéressantes que contient le fameux placard de Tump.

— Je dois dire, Miss Seeton, que j'ai rarement pris autant de plaisir qu'aujourd'hui à faire visiter cette pièce et... ah, juste ciel, j'allais oublier ça !

En l'espace d'une demi-heure, l'austère sir Wormelow Tump, au maintien si altier, s'était transformé en un grand dadais d'écolier trop vite monté en graine, émettant des gloussements d'hilarité mal contenue, partant d'un rire incontrôlé et faisant toutes sortes de grimaces désopilantes tandis qu'il présentait un grotesque objet après l'autre à Miss Seeton. Celle-ci, il va sans dire, était une dame trop bien élevée pour tenir des propos inconvenants, mais il y avait dans son regard une lueur que ses familiers auraient eu vite fait d'identifier : elle s'amusait comme une petite folle.

Miss Seeton regardait autour d'elle avec délice. Comme tout cela était *amusant*, finalement ! Sans compter qu'on l'avait amenée *à l'intérieur* même du palais et qu'on était passés devant plusieurs valets de pied — l'un d'eux était visiblement sur le point de soulever une objection à sa présence, mais sir Wormelow lui avait parlé d'un ton assez sévère, en lui montrant une carte plastifiée qu'il avait tirée de la poche intérieure de sa veste.

Naturellement, elle aurait bien aimé s'attarder un peu dans les nobles pièces du rez-de-chaussée, si richement meublées, mais c'eût été impoli de le suggérer. De nombreux hôtes de marque avaient sans doute accès à cette partie des appartements royaux, au cours d'une année ordinaire, mais combien étaient invités à passer une porte capitonnée de feutrine verte, à se laisser guider à travers les couloirs de service et à descendre un escalier de bois nu jusqu'au labyrinthe du sous-sol ? Où l'on défilait devant de mystérieuses portes fermées à clé, que l'on avait tôt fait d'imaginer en cavernes d'Aladin, bourrées de rares trésors : or, argent, laque, ébène, ivoire, ambre, cloisonné, marqueterie de bois rares, bijoux d'une facture exquise... La liste était probablement sans fin. Et tous ces trésors confiés à la garde experte de sir Wormelow !

C'était une légère déception, certes, mais elle comprenait parfaitement qu'il fût hors de question de pénétrer dans ces chambres fortes dont les portes rappelaient celles d'énormes coffres-forts et qui ne pouvaient être ouvertes, expliqua sir Wormelow, que par *deux* responsables, agissant conjointement. Cependant, comme c'était excitant de visiter le « placard » réservé au curateur ! De fait, un petit bureau, mais charmant, et bourré d'objets qu'on aurait aussi qualifiés de trésors. Et maintenant, on passait à la partie la plus amusante de cette merveilleuse visite, ce qu'on appelle la « Chambre des horreurs ». C'était drôle que Sa Majesté eût trouvé un nom si adéquat pour qualifier cette énorme pièce pleine de rayonnages, sur lesquels sont entassés les objets les plus invraisemblables.

— Que croyez-vous que ce soit, hein? interrogea Tump, descendant de son escabeau en tenant dans sa main un objet qui ressemblait à une petite noix de coco. Cette tête que je vous ai montrée tout à l'heure — qui est censée être celle de l'abominable homme des neiges et qui est un cadeau des Sherpas du Népal —, eh bien, elle est complètement bidon, bien entendu, mais celle-ci, c'est une vraie. Une authentique tête d'homme réduite. Il semble qu'Édouard VII en ait fait l'acquisition vers 1890, quand il n'était encore que prince de Galles. Il l'avait fait transformer en presse-papiers mais, comme la reine Victoria ne goûtait guère l'humour de la chose, paraît-il, l'objet a été remisé ici. Mon prédécesseur le gardait sur son bureau. Il se croyait drôle — de fait, c'était un vieil enquiquineur rasoir à mourir! — et aimait à répéter : « J'ai une tête très dure, vous savez. Elle est sur mon bureau. » Franchement, moi, j'ai toujours trouvé ça un peu excessif, alors je l'ai rangée là. Tenez, je l'ai prêtée, il y a quelques années; à un gamin du nom de Greatorex, qui habite les Mews. Père chauffeur, je crois bien. Douglas Greatorex, il s'appelait.

Miss Seeton prit le sinistre objet en main, sans tiquer, et l'examina avec intérêt :

— Seigneur! s'exclama-t-elle d'un ton un peu distrait.

Le minuscule visage à la peau de cuir avait une expression critique qui lui rappelait Mr. Gladstone, sur la fameuse photo. Signée Julia je-ne-sais-qui.

— Et pourquoi donc la voulait-il ?

— Pour l'apporter à l'école. Pas loin d'ici, l'école primaire St. Peter, dans Lower Belgrave Street. Il y a pas mal de jeunes des Royal Mews qui vont à cette école-là. Il l'a mise sur la paillasse de la salle de sciences naturelles, je crois. Son professeur, qui en avait assez des chatons de coudrier et de saule, et des étoiles de mer de Southend, a invité les enfants à faire preuve d'un peu d'imagination. Tout le monde a trouvé que c'était une chouette blague, à ce que m'a dit Douglas, et il a été la coqueluche de l'école pendant quelques jours. Mais, un jour, une inspectrice d'académie est passée et a vu la tête, et ça l'a mise dans une rogne terrible, on ne sait pourquoi. Tant et si bien que le professeur s'est retrouvé accusé d'avoir voulu corrompre la jeunesse...

— Exactement comme Socrate, murmura Miss Seeton, hochant doucement la tête.

— Qui ça ? Ah, Socrate. Oui, une situation très semblable, quand on y pense, sauf que le prof en question, lui, s'en est tiré. Le directeur l'appréciait beaucoup et n'avait jamais pu sentir cette inspectrice. Cependant, on a dit au petit Greatorex qu'il ferait mieux de rapporter l'objet où il l'avait trouvé.

Wonky Tump jeta un œil sur sa montre et son petit sourire heureux s'évanouit : sir Wormelow, le personnage haut placé dans l'establishment, avait repris sa place.

— Le temps passe, j'en ai peur, Miss Seeton, le devoir m'appelle, et tout ce qui s'ensuit. J'aimerais bien vous montrer la licorne qu'un vieux fripon avait donnée à la reine Victoria, et un ou deux autres objets encore, mais, vraiment, nous devrions... Je vous montre le chemin ?

Il fila aussitôt vers la porte ouverte et disparut avant même que Miss Seeton ait eu le temps de se rendre compte de ce qui se passait. Elle entendit juste la voix de son compagnon qui ajoutait :

— Tirez juste la porte derrière vous, elle se bouclera automatiquement. Ces infâmes saloperies ne méritent guère un dispositif de haute sécurité !

Elle se dépêcha de le suivre mais s'aperçut, alors qu'elle venait de refermer la porte suivant ses instructions, qu'elle tenait toujours la tête réduite. Effarée, elle se lança à la poursuite de sir Wormelow qui fonçait dans le couloir, devant elle, tout en continuant à parler.

— Dites donc, puisque vous êtes venue jusqu'ici, il faut que je vous présente, si S. M. n'est pas encore repartie...

— Oh, non, non, sir Wormelow, vous n'avez déjà été que trop gentil et, de toute façon, je ne pourrais pas et, mon Dieu, je ne sais pas trop comment expliquer ça, mais...

Les modestes protestations de Miss Seeton résonnaient derrière le curateur de la royale collection des *Objets de Vertu** tandis qu'elle s'efforçait de le suivre, mais il continuait à avancer au pas de charge, sans faire attention à elle. Miss Seeton, déconcertée, s'efforçait de ne pas rester à la traîne, s'arrêtant juste le temps de fourrer la tête dans son sac à main — heureusement, assez vaste. Mieux valait la ranger avant que sir Wormelow lui fît repasser la porte capitonnée de feutrine verte. Enfin, troublée et hors d'haleine, Miss Seeton se retrouva en train de traverser de nouveau les superbes salles de réception.

Sa Majesté avait offert sa main à des douzaines de messieurs en habit ou en uniforme militaire de toutes les couleurs, accepté les révérences d'autant de dames, échangé des paroles avec les ambassadeurs et autres *high commissionners*[1] que lui présentaient ses écuyers. Et, au terme de tout cela, elle n'avait eu, en fin de compte, qu'une seule conversation réellement intéressante : avec le petit jockey qui serait sûrement champion à la fin de la saison hippique. Et la reine avait décidé de se retirer pour se reposer un peu dans ses appartements privés. Escortée par une seule dame d'honneur et un écuyer en uniforme de la Royal Air Force, elle pénétra dans une des salles de réception au moment même où Miss Seeton et sir Wormelow Tump arrivaient de la direction opposée.

Bien que sans doute surpris, sir Wormelow fut néanmoins aussi imperturbable que parfaitement correct. Il s'effaça avec élégance et s'inclina bien bas, tout en s'arrangeant pour entraîner Miss Seeton hors du passage de Sa Majesté. Miss Seeton, rose comme une pivoine, fit la révérence. Pas le temps de penser, donc pas le temps de tout gâcher. Résultat : une sacrée révérence, digne de Dame Margot Fonteyn, en personne.

— Bonjour, sir Wormelow.

Pouvait-on discerner une légère pointe d'étonnement dans le calme regard qui se posa d'abord sur l'homme de la Cour, puis sur Miss Seeton ?

— Bonjour, Majesté. Puis-je avoir l'honneur de vous présenter Miss Emily Seeton ?

— Miss Seeton, j'espère que vous passez un après-midi agréable.

Oh, *mon Dieu* ! Qu'est-ce que lady Colveden lui avait donc dit qu'il fallait répondre ? Ah oui, bien sûr.

— Oui, madame. Il fait un temps délicieux, bredouilla Miss Seeton.

1. Titre d'un ambassadeur représentant un pays du Commonwealth dans un autre (comme le H. C. du Canada en Angleterre, par exemple). (*N.d.T.*)

La reine inclina gracieusement la tête et s'éloigna.

Sir George s'était d'abord montré un brin irritable avec Miss Seeton quand celle-ci les avait finalement repérés et rejoints. Mais, tout en savourant une tasse de thé, il prit plaisir à évoquer des souvenirs avec un autre général à la retraite, et Miss Seeton fut bientôt pardonnée d'avoir disparu si longtemps. Lady Colveden, quant à elle, n'avait vu aucune faute nécessitant un pardon.

— L'important, ma chère, c'est que vous ayez passé un bon moment, déclara-t-elle tandis qu'ils traversaient les jardins du palais en direction de la sortie qui se trouve face au mémorial de la reine Victoria, où le chauffeur devait venir les prendre à seize heures quarante précises. Alors, j'espère que c'est bien le cas, répéta lady Colveden.

Miss Seeton était réservée :

— Oh, oui, tout à fait.

— Rencontré des gens intéressants ? Le duc d'Édimbourg s'est arrêté pour parler à George un moment.

Sir George buvait du petit-lait.

— Un homme qui voit clair, le duc. Pour un officier de marine. Il parle des maux de ce pays avec plus de bon sens que tous ces abrutis du Parlement réunis !

— Oh, oui. Un monsieur charmant, du nom de Harlow, m'a montré plusieurs personnes éminentes, comme l'archevêque de Canterbury et le directeur de la BBC, par exemple. Il m'a du reste proposé de me présenter, mais je lui ai expliqué que jamais je n'oserais m'imposer à des personnages aussi importants.

— Alors, à qui avez-vous donc parlé, à part ce fameux Harlow ? Nous vous avons cherchée partout, il n'y avait trace de vous nulle part.

Miss Seeton prit une profonde inspiration :

— Eh bien, sir George, j'ai conversé la plupart du temps avec sir Wormelow Tump.

— Sir *comment* ? On dirait le nom d'une maladie des navets.

— George, ne sois pas grossier !

— Sir Wormelow Tump, continua Miss Seeton d'un ton égal, est le curateur de la royale collection des *Objets de Vertu**.

— Des antiquités, George, traduisit lady Colveden à la hâte, pour éviter une autre démonstration d'inculture de la part de son époux. Bon, et des babioles et objets divers, aussi.

— Sir Wormelow est, entre autres, spécialiste de l'œuvre de Lalique, et un vieil ami de Cédric Benbow. Vous le verrez vous-même demain, Mr. Benbow l'a invité à venir assister à la dernière séance de prises de vue à Rytham Hall, indiqua-t-elle, avant de s'interrompre un instant, l'air un peu gêné. J'en suis particulièrement heureuse, parce que j'ai, par inadvertance...

— Il l'a invité au manoir ? Voyez-moi ça, nom d'une pipe ! On va finir par se croire à Waterloo Station. Bon, Benbow est plutôt bon bougre, alors je suppose que ça vaut aussi pour ses amis. Dites donc, il va être gâté, côté spectacle, lui, quand on va attraper ce misérable maître chanteur, la main dans le sac, non !

— ... et je pourrais la lui rendre, conclut Miss Seeton, simplement pour soulager sa conscience, car aucun des époux Colveden ne faisait attention.

— Mais, que diable racontes-tu là, George ? Quel misérable maître chanteur ?

Sir George devint rouge comme un coq et se couvrit la bouche d'une main : il venait de se rappeler que l'inspecteur Ranger avait enjoint à tous les présents dans la cuisine de Miss Seeton de ne souffler mot à quiconque de ce qui s'y était dit.

— Oh, ce n'est rien, ma chère. Rien du tout. Une sorte de... euh, de surprise-partie, hein ? Le dernier jour, et tout et tout. Ah, parfait, voilà notre voiture, regardez ! Venez, il n'est pas censé s'arrêter là, alors ne traînons pas.

Meg Colveden, qui avait trop l'habitude des maladroites tentatives de dissimulation de son mari pour y croire un seul instant, se contenta de sourire et le laissa l'aider à s'installer rapidement sur le siège arrière avec Miss Seeton, tandis que sir George, lui, s'asseyait démocratiquement à l'avant, à côté du chauffeur, lui indiquant — chose inutile — comment rejoindre Westminster Bridge et, de là, Old Kent Road.

— Eh bien, vous avez dû prendre plaisir à converser avec l'ami de Cédric Benbow, dit lady Colveden, quand ils furent tous installés et que la voiture tourna dans Birdcage Walk. Mais j'espère aussi que vous avez au moins *vu* les membres de la famille royale.

— Oh oui, merci, répondit Miss Seeton avec sérénité. Et je vous suis très reconnaissante de vos conseils. Nous sommes tombés par hasard sur Sa Majesté, à l'intérieur du palais, voyez-vous, et sir Wormelow m'a présentée à elle. J'aurais été prise au dépourvu si vous ne m'aviez pas indiqué à l'avance ce qu'il fallait dire.

CHAPITRE XV

Mel Forby commençait à penser qu'elle s'était trompée de profession. Peut-être aurait-elle dû devenir un « semelles de crêpe », terme désignant les détectives qu'elle avait appris dans les polars qu'elle dévorait assidûment. Le courant de solidarité féminine qu'elle avait établi avec la réceptionniste s'était révélé un excellent investissement. D'abord pour l'avoir mise sur la trace de Sebastian Prothero, mais aussi parce que ç'avait été un jeu d'enfant de revenir, mine de rien, papoter entre filles et parler du bel échotier, après l'heure du thé, quand la secrétaire était sur le point de finir son service pour la journée.

Mel n'aurait pu trouver complice — bien à son insu ! — plus observatrice et mieux informée. Elle savait maintenant que Prothero était sorti à l'heure du déjeuner et qu'il était revenu deux heures plus tard, avec un grand sac sur lequel figurait le nom du tailleur pour hommes le plus sélect de Canterbury. Ce qui suggérait qu'il avait dû décider au dernier moment de prolonger son séjour au *White Swan* et avait éprouvé le besoin de rallonger le contenu de son sac de voyage. Mais elle était aussi maintenant en possession d'un renseignement autrement important et tout à fait troublant : il avait consulté la réceptionniste sur les horaires d'autocar pour Brettenden et les correspondances qu'il y avait ce soir-là pour Plummergen. Qui plus est, il avait semblé relativement détaché quand la fille lui avait annoncé qu'il n'y avait qu'un seul car pour Brettenden, à dix-neuf heures, et un seul pour le retour à Canterbury, qui quittait Brettenden à vingt-deux heures trente. Et s'il tenait à se rendre à Plummergen, il serait obligé de prendre un taxi à Brettenden. À moins qu'il n'eût envie de faire huit kilomètres à pied, dans les deux sens.

Voyons, pourquoi un homme arrivé à l'hôtel dans sa propre voiture voudrait-il se rendre à Plummergen en car ? Qui plus est, qu'est-ce qu'un monsieur possédant un titre nobiliaire et homme de paille d'un night-club chic avait donc à faire à Plummergen ? Les coups de fil de Meg à des confrères et relations qu'elle avait à Londres avaient confirmé ses soupçons : Prothero avait un passé un peu louche et, à en croire la rumeur, on racontait actuellement qu'il avait un franc succès auprès des dames riches. Jouait-il simplement les gigolos de haute volée, ou faisait-il chanter ses petites amies ? De toute façon, qui diable pouvait bien l'intéresser à Plummergen ? Benbow et son entourage à Rytham Hall ? Le lieu des prises de vue des photos de *Mode* était théoriquement un secret, mais un homme comme Prothero n'aurait eu aucun mal à se procurer le renseignement.

Quoi qu'il en soit, il tramait quelque chose de louche — ça, c'était sûr. Et Mel, le détective aux semelles de crêpe, avait l'intention de découvrir quoi. Ce serait assez facile de vérifier s'il se rendait à l'autogare et montait dans le car de dix-neuf heures pour Brettenden. Dans ce cas, elle le suivrait dans sa voiture. Pour l'avoir constamment à l'œil. Le prendre la main dans le sac. Quant à savoir si Mel, le privé, déciderait de communiquer ses découvertes à Amelita Forby, le reporter vedette du *Daily Negative*, tout dépendrait de leur nature.

Le car arrivait dans les environs de Brettenden quand, enfin, Prothero se décida : il prendrait un taxi pour Plummergen, mais rentrerait à pied, une fois le boulot fait. Risqué, peut-être, mais seize kilomètres aller-retour à pied, c'était nettement trop, sans compter que ce serait trop juste, question temps. Il fallait qu'il attrape le bus de vingt-deux heures trente pour Canterbury, afin d'être loin quand l'alarme serait donnée. S'il allait à Plummergen en taxi, il serait facile de faire croire au chauffeur qu'il appartenait à l'équipe de Benbow, surtout s'il demandait à être déposé près du *George and Dragon*, où logeaient la plupart de ces gens. Alors que tout individu *ayant quitté* le village en taxi ce soir-là reviendrait à la mémoire du chauffeur, quand les flics commenceraient à poser des questions.

Il soupira. Tueur entraîné, il l'était peut-être, mais jamais il n'avait eu à mettre ses talents en pratique au cours de sa carrière millitaire, et la perspective du boulot qui l'attendait ne le réjouissait guère. Mais les maîtres du crime ne peuvent se permettre de faire du sentiment, non, et puis, vu sous un autre angle, il lui rendrait presque service, à la vieille taupe. Elle avait été mêlée à des affaires dans lesquelles avaient trempé de sales individus, des brutes sadiques qui n'hésiteraient pas à la tabasser salement, s'ils en avaient la moitié du quart de l'occasion à leur sortie de taule, et qui, en attendant, devaient tuer le temps en imaginant toutes sortes de vengeances particulièrement horribles. Tant qu'à être liquidée, autant que ce fût fait vite, proprement, et pour ainsi dire sans douleur. Par un expert. Ce n'est pas comme s'il avait l'intention de lui *faire mal*, après tout.

Mel se gara avant d'arriver à l'autogare de Brettenden et observa son homme descendre du car, scruter du regard la rue presque déserte, autour de lui, et entrer dans une cabine publique pour téléphoner. Quand il ressortit, il resta planté devant la cabine et attendit. Avec impatience, à en juger par la fréquence avec laquelle il regardait sa montre, jusqu'à ce que, quelques minutes plus tard, un taxi apparaisse et s'arrête devant lui. Il n'était pas huit heures du soir et il ne ferait pas nuit avant une bonne heure encore, donc pas besoin de le suivre de trop près, ce qui eût éveillé ses soupçons. De plus, elle se souvenait bien de l'itinéraire pour aller à Plummergen et de la configuration du village, de sorte qu'elle ne risquait guère de perdre la trace de sa proie. La vieille route qui longe le canal était le plus court chemin et donc vraisemblablement celui que prendrait le chauffeur. Bien joué, Forby, se congratula-t-elle, quand le taxi démarra et fit demi-tour. T'as vu juste. Ayant attendu que le taxi disparaisse au détour d'un virage, elle fit la même manœuvre avec sa voiture, avec presque autant de maestria que le taxi, et entreprit de le suivre.

Si Miss Seeton avait connu l'expression « avoir besoin de décompresser », ainsi aurait-elle décrit son humeur quand la voiture de location la déposa devant la porte du jardin de *Sweetbriars*, après qu'elle eut réitéré ses plus sincères remerciements aux Colveden et leur eut adressé un dernier geste d'adieu.

Quelle journée ! Euh, ç'avait même commencé hier soir, à vrai dire. Elle avait à peine eu le temps de digérer tout ça — Nigel arrivant avec cette pauvre enfant dans un tel état ! Heureusement qu'elle avait justement acheté une boîte de cacao, la semaine dernière, ce n'est généralement pas une boisson qu'on sert l'été. Il y avait donc eu tout ce branle-bas d'hier au soir, puis la conférence dans sa cuisine au petit déjeuner, l'intéressante conversation qu'elle avait eue avec le monsieur amateur d'oiseaux, si cultivé et poli, mais à l'air si préoccupé, et puis le rendez-vous chez le coiffeur — déjà, en soi, un luxe qu'elle s'offrait rarement — et, naturellement, les moments inoubliables qu'elle avait vécus au palais.

Ayant enfilé de bons vieux vêtements confortables, et rangé ceux que lady Colveden appelait si drôlement ses « fringues d'apparat », Miss Seeton s'inventait des raisons de s'affairer de-ci de-là dans le cottage, car elle ne tenait pas en place et ne savait que faire de sa personne tant son esprit grouillait d'impressions, d'images qui l'avaient marquée. Un brin de yoga l'aiderait peut-être à se calmer, mais elle ressentait le besoin d'un exercice un peu plus énergique. Tiens, une bonne petite marche rapide : voilà qui ferait l'affaire. C'est ça. Il n'était pas encore huit heures et la soirée était belle, la lumière dorée. Elle était restée trop longtemps enfermée dans la voiture. Bien sûr qu'elle était profondément reconnaissante aux Colveden de l'avoir fait voyager si luxueusement, mais on était tombés dans ces affreux embouteillages des heures de pointe. Ah, les pauvres gens qui doivent subir ça chaque soir de la semaine !

Miss Seeton referma sa porte, sortit sur la petite route et se dirigea vers celle qui longe le canal, encore si excitée qu'elle exécutait de temps en temps des sauts de cabri.

Prothero, qui arrivait de la direction opposée dans son taxi, l'aperçut de très loin, réagit à retardement après un moment de stupéfaction, et se mit à réfléchir à toute allure. Un vrai cadeau du ciel ! se dit-il. Ils n'avaient pas croisé une seule voiture pendant tout le trajet, et voilà que sa victime s'offrait, tel l'agneau à l'abattoir, sur une petite route peu fréquentée : une occasion unique. Une somme bien supérieure au tarif prévu pour la course persuada le chauffeur que son client aimerait bien finir le trajet à pied, vu que la soirée était si belle. Le taxi fit trois manœuvres pour effectuer son demi-tour (c'eût été nettement mieux pour sa peinture s'il l'avait fait en cinq temps !), puis disparut sur la route de Brettenden. Prothero marcha en direction de Miss Seeton qui se trouvait encore à une centaine de mètres de lui.

— Eh bien, comme le hasard fait les choses ! s'exclama-t-il.

Il se voulait cordial mais manquait de son panache habituel, car il avait le souffle court, allez savoir pourquoi.

— En effet ! Bonsoir. Je suppose que vous avez passé une agréable journée à observer les oiseaux ?

Avant que Prothero ne pût répondre, Miss Seeton jeta un regard sur la gauche, mit un doigt sur ses lèvres souriantes, comme pour lui enjoindre le silence, et se dirigea vers la berge du canal en lui faisant signe de la suivre. Il haussa les épaules — après tout, un endroit en vaut un autre, non ? — et il suivit le petit dos qui s'éloignait, tout en faisant travailler ses doigts pour les préparer à l'action. À la réflexion, le canal pourrait même être l'endroit idéal. S'arranger pour lester le corps, ensuite, et le faire basculer dans l'eau. On risquait de ne jamais la retrouver.

Une fois arrivée au bord, Miss Seeton se retourna vers lui et sourit de nouveau.

— Un canard sauvage ! s'exclama-t-elle. Par ici, tout près. Une famille entière de ces petites créatures adorables. Ça fait plusieurs fois que je les vois. Je suis sûre que c'est un spectacle qui vous réjouira le cœur.

Elle se pencha, regardant d'abord à gauche, puis à droite, tandis que Prothero prenait position derrière elle et levait les bras. Malheureusement pour lui, un reste de scrupule lui fit fermer les yeux au moment crucial, quand Miss Seeton elle-même leva la main droite pour lui montrer quelque chose, en s'écriant :

— Là ! Par ici, vous les voyez ?

Prothero se jeta en avant, son bras tendu heurta celui de Miss Seeton, il perdit l'équilibre et tomba tête la première dans les eaux noires.

— Mais pourquoi avez-vous fait ça, Miss Seeton ? s'étonna Mel.

Celle-ci, ayant vu le taxi de Brettenden rentrer à vide, avait mis le pied au plancher pour rattraper Prothero, et elle était arrivée à temps pour voir deux silhouettes s'approcher du canal, sans pourtant distinguer le détail de ce qui s'était passé. Présentement, elle regardait Prothero se débattre dans l'eau, sous l'œil consterné de Miss Seeton, laquelle ne semblait pas du tout étonnée par la soudaine apparition de Mel sur les lieux.

— Le pauvre homme ! Il faut qu'on le tire de là le plus vite possible, Miss, euh, je veux dire, Mel. Sinon il risque de mourir de froid.

— Je ne crois pas qu'il tienne tellement à ce qu'on l'aide. Regardez, le voilà qui se dirige vers l'autre berge.

Mel avait perçu le mélange de haine et de désespoir dans le regard que Prothero avait lancé à Miss Seeton, et elle avait pratiquement entendu tourner les rouages du cerveau du bonhomme quand, la voyant rappliquer, elle, il avait décidé de se casser à fond de train.

Miss Seeton mit les mains en porte-voix et, gentiment, interpella Prothero, qui avait réussi à sortir de l'eau et émergeait, trempé comme une soupe, sur la rive opposée.

— Je suis navrée ! cria-t-elle. Venez donc au cottage prendre une bonne tasse de cacao bien chaud, pendant qu'on essaiera de vous trouver des vêtements secs.

— Vous savez, je ne crois pas qu'il ait confiance en vous, remarqua Mel en voyant la cause de ses inquiétudes reprendre péniblement la direction de Brettenden.

CHAPITRE XVI

À huit heures et demie, Ferencz Szabo quitta l'appartement, petit mais charmant, qu'il habitait, tout près de Wigmore Street, et héla un taxi. On était en pleine heure de pointe, mais il arriva malgré tout à Charing Cross Station bien avant neuf heures, à temps pour faire un saut chez le fleuriste voisin et choisir un bouton de rose parfait pour orner sa boutonnière. Une rose qui avait la couleur délicate d'une pêche, pratiquement de la même teinte que sa chemise de soie, et en parfaite harmonie avec sa cravate café au lait.

Ferencz s'aventurait rarement à la campagne. Quand il quittait Londres, c'était généralement afin d'aller à Heathrow prendre l'avion vers l'Italie, la France, l'Autriche ou l'Allemagne. C'est pour cette raison que les costumes de tweed, style gentleman farmer, ne figuraient pas dans sa garde-robe, mais aussi parce qu'il avait depuis longtemps cessé de vouloir avoir l'air anglais — le rêve de l'ex-Frank Taylor ! —, et préférait cultiver une élégance continentale.

Il était particulièrement satisfait de l'ensemble qu'il portait ce jour-là. Il avait acheté son costume en mohair poids plume à Milan. Dire de la couleur qu'elle était d'un brun pâle, c'eût été insulter l'artiste qui avait teint le tissu, mais Ferencz, lui, disait brun pâle, et c'était son costume, après tout. Ses chaussures, cousues main, venaient de Florence, et il les caressa d'un regard admiratif en avançant d'un pas alerte sur le quai où attendait le train de Douvres (grandes lignes), via Ashford.

C'est ainsi que Ferencz Szabo omit de remarquer sir Wormelow Tump, qui s'était mis en route quelques minutes plus tard que lui. Un des nombreux et enviables avantages de sa charge était l'appartement de fonction dont il avait la jouissance au palais de St. James — celui qu'il avait mentionné à Miss Seeton. De sorte que, même sans se presser, il ne lui avait pas fallu plus de dix minutes pour descendre Pall Mall jusqu'à Trafalgar Square et, de là, rejoindre la gare.

Fils de famille de la classe supérieure, Tump se préoccupait rarement de vêtements, mais l'instinct et le conditionnement social lui dictaient ses choix. D'ordinaire, il eût été hors de question qu'il se montrât dans Pall Mall, ou où que ce soit dans Londres, dans une tenue autre qu'un de ses costumes de Savile Row — loin d'être neufs, mais bien conservés. Ou encore, selon ce qu'exigeait l'occasion, en habit ou en smoking.

Ce matin-là, cependant, le fait qu'il se rendît à Rytham Hall l'avait incité à mettre une chemise Viyella[1], une cravate de laine et un vieux costume de tweed moucheté, à dominante bruyère, avec du cuir pour renforcer les poignets. Ce costume avait jadis appartenu à son père, mais Wormelow ne s'en souvenait pas. Les pointes de son col de chemise rebiquaient, son nœud de cravate était assez mal fait, et une de ses chaussettes était à l'envers. Bref, sir Wormelow était le portrait craché du vieil Anglais de la haute, équipé de la

1. Marque de chemise sport, en flanelle épaisse, qui fait partie de « l'uniforme » du gentleman campagnard anglais. (*N.d.T.*)

tenue qui convient pour passer une journée à la campagne.

À son grand étonnement, sir Sebastian Prothero avait remarquablement bien dormi, malgré son épouvantable expérience. L'organisme humain n'est peut-être pas capable d'encaisser plus d'un cauchemar en vingt-quatre heures, et il avait déjà eu droit au sien lors du long trajet à pied jusqu'à Brettenden, suivi du voyage en car (il était le dernier passager, heureusement, et la tache d'humidité qu'il avait laissée sur le siège avait eu le temps de sécher, depuis). Le veilleur de nuit du *White Swan* était bien trop captivé par la télévision pour remarquer son état, et un long bain chaud — son deuxième de la journée — l'avait calmé.

Présentement, après avoir pris une douche rapide, s'être rasé et habillé avec ce qu'il portait la veille, à son arrivée — et pour cause ! —, il contemplait le tas de vêtements trempés, neufs mais sans doute fichus, et qu'il avait payés cher il y a si peu de temps. Et il fit trois constatations : a) il était complètement piqué ; b) le diable l'emporte, s'il allait permettre à cette créature de lui faire renoncer à son plan ; c) l'un dans l'autre, il se serait probablement senti beaucoup plus malheureux s'il s'était réveillé, ce matin, pour découvrir un assassin dans son miroir, en se rasant.

Malgré tout, il n'y avait pas de raison pour que son plan échouât. Peut-être s'était-il laissé démonter inutilement par Miss Seeton : et si elle était réellement aussi naïve et innocente qu'elle le paraissait, et qu'elle avait juste le chic pour se fourrer dans les pattes des gens ? Plus il y repensait, et plus il lui semblait *vraisemblable* que ce fût un geste fortuit qui l'eût fait tomber à l'eau.

Dieu merci, en attendant le car de Brettenden, il avait, malgré sa déroute, trouvé la force et la détermination de passer un coup de fil tardif à Marigold Naseby, au *George and Dragon.* Il était d'humeur si massacrante qu'il avait dû lui ficher une trouille de tous les diables. Cette imbécile de petite dinde avait à peine articulé une parole ; elle s'était contentée d'écouter une rapide réédition de la liste des horreurs qui lui arriveraient si elle lui faisait faux bond et, de sa voix neutre et vulgaire, elle avait obtempéré — oui, elle ferait ce qu'il avait dit. Balancer la camelote par la fenêtre des chiottes à onze heures et attendre dix minutes ensuite. Le jour nouveau le conforta dans l'idée que c'était un excellent plan. La fille était visiblement terrifiée, elle suivrait ses instructions à la lettre. Elle émergerait sans doute des toilettes comme un automate, aussi pâle que la mort.

Pour peu qu'elle eût l'air assez sonnée, Benbow et les autres marcheraient peut-être même un moment et croiraient qu'on l'avait menacée pour de bon avec un couteau, et forcée de donner les bijoux qu'elle portait. Oh, juste un petit moment. L'histoire était si invraisemblable — et elle la réciterait sûrement d'un ton plat et peu convaincant ! — que la police ne tarderait pas à lui faire cracher le morceau.

Tôt ou tard — sans doute plus tôt que plus tard... — elle avouerait qu'elle avait jeté la camelote par la fenêtre... et la raison de ce geste. Et qu'est-ce que ça apporterait de plus aux cognes ? Ça ne servirait pas à grand-chose de fouiller le terrain, sous la fenêtre : il avait prévu d'emporter des branchages pour balayer la terre derrière lui et brouiller ses éventuelles empreintes. Non qu'il y en aurait des masses, d'ailleurs : le sol était dur comme du béton, après la longue période de beau temps qu'on venait d'avoir. Sans compter l'équipe de Benbow qui se baladait partout depuis près d'une semaine et qui devait avoir tout mis sens dessus dessous, aux abords de la maison. Mais attention, il ne fallait pas sous-estimer ces zouaves de la police scientifique, ils sont roués, de nos jours ; alors, pour ce qui était des tennis bon marché qu'il porterait, il s'en débarrasserait sur le chemin du retour à Londres. Il les jetterait séparément, à deux endroits différents, dans ces poubelles que les gens laissent près de leur garage. Le genre que les éboueurs vident tous les jours.

Il ne resterait donc plus à la police qu'une histoire de voix au téléphone, une voix qui avait menacé une pépée à tête de linotte de se faire tabasser par trois gros bras qui n'existaient pas. Ils iraient peut-être enquêter sur cette histoire de photos, si elle dégoisait là-dessus, et ils cuisineraient le type qui les avait prises. Eh bien, tant mieux. Pas de problème de ce côté-là pour le maître du crime, Prothero. Il avait repéré le bonhomme, Harry Manning, grâce à quelques petites questions indirectes, judicieusement glissées dans la conversation avec des paparazzi de sa connaissance qui traînaient au *Club Mondial*. Et alors ? Marigold Naseby et sa carrière fulgurante, c'était un des sujets de conversation typiques de ces gars-là : du sensationnel instantané. Mais, même si les poulets se mettaient à poser des questions, aucun des photographes ne se souviendrait que Sebastian Prothero eût manifesté un intérêt ou une curiosité inhabituels.

Quant à Manning même, il ne l'avait jamais vu, et s'ils devaient un jour se rencontrer, Manning ne pourrait pas imaginer une seconde que cet homme suave, rejeton de la classe supérieure et prête-nom du *Club Mondial*, pût avoir le moindre rapport avec la disparition de la série de photos déshabillées, subtilisées dans le fouillis de ce studio où l'on entrait comme dans un moulin. Décidément, quoi que racontât la fille, la police serait obligée de conclure que l'homme invisible avait filé avec plusieurs bijoux sans prix, signés Lalique. Car il y aurait au minimum une ou deux bagues, un pendentif ou un collier, des boucles d'oreilles et un bracelet, voire autre chose encore. Le tout enveloppé dans une belle quantité de papier toilette pour que cela reste ensemble. La phase deux du plan, les négociations avec les assureurs, serait un véritable défi à son astuce, en même temps qu'un excellent prétexte à prendre de longues vacances à l'étranger. Quant au casse même, ah, quel joli petit coup !

Comme Prothero naviguait sous pavillon d'emprunt à l'hôtel, il paya sa note en liquide, que la réceptionniste qui l'avait accueilli la veille accepta avec un sourire à vous faire fondre sur place, puis il sortit prendre sa voiture. La camelote de Melbury Manor était bien gentiment à sa place, ça va sans dire. Ce qui valut un autre pourboire au gardien, aussi étonné que ravi. Juste dix shillings, cette fois, mais quand même drôlement chouette.

Et maintenant : taïaut, taïaut ! En route, et au diable Miss Seeton.

— Naturellement, on ne sait pas où il a passé la nuit, expliqua le commissaire Brinton, pas plus qu'on ne sait où il se trouve actuellement, sauf qu'il n'est pas encore dans le parc, ça, c'est certain. Mais il a spécifié onze heures pour son coup, il voudra donc être en place une vingtaine de minutes avant, au moins, vous ne croyez pas, sir George ? Autrement dit, d'ici environ quarante-cinq minutes.

Brinton s'enfonça dans le fauteuil qu'il occupait dans la bibliothèque de Rytham Hall, se donnant un mal fou pour dissimuler l'irritation que lui causait le fait d'avoir dû mettre le chef de famille dans la confidence. Il avait la ferme conviction qu'à ce stade de l'opération ç'aurait dû être l'affaire exclusive de la police. Cependant, le chef de la police, qui tenait sir George Colveden en haute estime, avait malheureusement sans doute raison en paraphrasant le président Lyndon Johnson (version expurgée) : il était plus sûr que le vieil officier se trouvât dans la tente, euh, en train de cracher dehors, que hors de la tente, en train de cracher à l'intérieur...

— M'étonnerait pas, fit sir George. Il n'aura guère envie de s'attarder, s'il a deux sous de jugeote.

— Bien. Maintenant, nous comptons sur vous, général, dit Brinton, rusé, et ce que je voudrais suggérer, c'est que vous auriez peut-être l'amabilité de vous poster *à l'intérieur* de la maison. Au dernier étage, dans une pièce donnant sur l'allée et le portail d'entrée.

Aussi loin que possible du feu de l'action, ajouta-t-il dans sa tête. Serait peut-être même une bonne idée de donner un tour de clé, pour empêcher le vieil imbécile de leur courir dans les pattes...

— Vous ne voulez pas plutôt dire donnant sur l'arrière ? Vous avez bien expliqué que ce gars-là va se tapir quelque part par là, non, dans un coin d'où il pourra voir les commodités du rez-de-chaussée ?

— Justement. Grâce à vos talents de tacticien professionnel, vous reconnaîtrez que, si notre homme est bien le petit malin qu'on croit, il ne va pas arriver en catimini. Rappelez-vous, il n'a pas la moindre idée que nous sommes après lui. Non, il est fort probable qu'il ait le culot d'entrer carrément par le grand portail, comptant qu'on le prenne pour un assistant de Mr. Benbow. Bon, personne ne doit être visible, et surtout pas un de mes hommes. Le copain ne s'attend pas...

— Le copain ? Qui c'est, çui-là ?

— Le malfaiteur, monsieur. Dans la police, on a l'habitude de dire « le copain » pour désigner les criminels qui nous intéressent et qu'on n'a pas encore identifiés.

— Ah bon, vraiment ? Intéressant. Comme « Fritz » pendant la guerre, ou « Johnny Gurkha[1] », je suppose. C'est aussi le nom d'une sorte de nourriture pour chien[2], vous savez — on en donne aux nôtres. Du moins, je le fais, d'ordinaire. Ça les embête que quelqu'un d'autre les nourrisse. Copain Croquant, ça s'appelle.

— Ah, bon, monsieur, fit Brinton qui se sentait en danger de décrocher de la réalité et se hâta de poursuivre. De toute façon, comme je vous le disais, le malfaiteur ne s'attend pas à une confrontation, et il n'en faut pas, évidemment, parce que le but de la manœuvre, c'est justement de le prendre la main dans le sac. Mais, grâce à vous, nous saurons quand il sera arrivé. Et qui plus est, s'il *devait* malencontreusement nous glisser entre les doigts et avoir le culot de tenter de ressortir par le même chemin...

— Je serai à mon poste d'observation avec un fusil à double canon, chargé. Prêt à truffer de balles le derrière de ce gazier. Entre vous et moi, on aura vite fait de lui régler son compte.

— Est-ce bien raisonnable de le laisser s'installer là-haut avec un *fusil*, monsieur ? demanda Ranger quand sir George fut parti.

— Non, je ne crois pas, mais, au moins, ça permettra de ne pas l'avoir dans les pattes pendant un moment. De plus, vous savez aussi bien que moi que le copain ne ressortira pas par là. Pas tout seul, en tout

1. Surnom employé à l'époque coloniale pour désigner les soldats népalais, de religion hindoue, enrôlés dans l'armée britannique, dans le régiment des Gurkhas. (*N.d.T.*)

2. *Pal*, qui veut dire copain, pote. (*N.d.T.*)

cas. De fait, il ne sortira d'ici qu'en voiture de police. Foxon est déjà en place dans la cabane à outils, dehors, avec une vue parfaite du terrain, dans un rayon de cinquante mètres autour de la fenêtre des cabinets. Et vous, dans quelques minutes, vous irez tenir la main du copain et lui moucher le nez, dit-il, toisant la masse gigantesque de Ranger d'un œil approbateur. Et, si vous n'êtes pas capable de le plaquer comme au rugby et de le maintenir au sol, c'est que ce n'est pas possible. Nous avons deux hommes en planque, qui surveillent l'extrémité du mur de derrière, et un autre, avec l'agent Potter, dans le champ qui domine l'endroit où le copain a dû cacher sa voiture, le jour où Miss Seeton l'a amoché. Je suppose qu'il va revenir là, vu qu'il n'y a pas d'autre coin un tant soit peu commode pour se garer. Potter nous préviendra quand il se pointera.

Brinton se sortit péniblement du fauteuil.

— Allons, bougez un peu vos fesses ! Franchement, je crois qu'on a pigé son petit manège, à celui-là. À condition que rien ne lui fiche la frousse. Sûr que la pépée n'a pas vendu la mèche quand il a téléphoné, hier soir ? Elle a pas inventé l'eau chaude, si vous voulez mon avis.

— Là, je peux qu'être d'accord avec vous, monsieur, convint Ranger, mais quand on a réussi à la persuader de retourner au *George and Dragon*, hier, j'ai passé un bon bout de temps à lui faire répéter ce qu'il fallait dire et ne pas dire, et ce matin, elle m'a juré qu'elle l'avait fait mot pour mot. Si seulement on avait branché le téléphone de sa chambre sur magnétophone ! Mais il aurait fallu mettre trop de gens dans la combine. Malgré tout, je m'en fais pas de ce côté-là : elle est encore tellement terrorisée que je suis sûr qu'il ne s'est douté de rien. Ce qui m'inquiète, en revanche, c'est tous ces gens en plus qui vont être là, ce matin : Cédric

Benbow a été un peu trop enthousiaste, je le crains, et il a invité le ban et l'arrière-ban. D'un autre côté, il semble bien être resté muet comme la tombe.

— Il n'y a que trois personnes en plus, non ? Je sais que *la** Seeton est déjà arrivée, mais, d'après ce que vous avez dit, elle n'a pas volé le droit d'être là : puisque la fille s'est tellement entichée d'elle, elle pourra lui soutenir le moral jusqu'à l'heure H. Et la calmer, ensuite, quand tout sera fini.

— Effectivement, monsieur. Et puis il y a les deux hôtes de marque de Benbow, qui viennent de Londres. Mr. Szabo, le propriétaire de la galerie d'art, et le monsieur au titre nobiliaire.

— Sir Wormelow Tump. Putain, quel nom à coucher dehors ! Ils doivent arriver d'un instant à l'autre. À part ça, c'est tout, non ?

— Autant que je sache, monsieur, mais ça suffit déjà amplement. J'espère simplement que Benbow réussira à les garder bien à l'écart de la petite sauterie.

— Moi aussi ! Attendez...

Le talkie-walkie de Brinton croassa. Il le prit et appuya sur un bouton.

— Glu[1] numéro un, je vous reçois... Ne tenez pas le machin si près de votre clapet, Potter, je comprends pas un mot de ce que vous racontez. Oui, c'est un peu mieux, mais pas la peine de hurler, non plus. Sur le chemin qui longe le mur, dites-vous ? Parfait. Non, vous deux, restez où vous êtes, là où vous pouvez voir sa voiture. Vous avez relevé son immatriculation, hein ? Bien, c'est quoi ? Je vais la noter et faire vérifier. Parfait, je vous la relis... C'est ça ? Très bien. Glu numéro un, terminé.

1. Extrait de l'écorce de houx, extrêmement collant, dont on enduit des branchettes pour attraper les petits oiseaux. Et, en l'occurrence, les prétendus amateurs d'oiseaux. (*N.d.T.*)

CHAPITRE XVII

Ferencz Szabo et sir Wormelow Tump avaient voyagé dans des compartiments différents jusqu'à Ashford, où ils devaient changer de train. Ils se rencontrèrent sur le quai de la ligne secondaire desservant Brettenden. Ils n'étaient alors encore que de vagues connaissances, mais après avoir conversé amicalement dans le train omnibus, ils s'entendaient fameusement quand ils arrivèrent à la gare de Brettenden. Szabo, en tout cas, respectait l'expertise de Tump, et il était ravi de se trouver en *tête à tête** avec lui. Parfaitement conscient, aussi, que l'estime d'un homme ayant la stature sociale et les relations de Tump pouvait beaucoup pour la prospérité future de la Galerie Szabo, il entreprit de le charmer. Et pour cela, Ferencz Szabo avait des dons certains.

Tump, pour sa part, était amusé par cet homme tiré à quatre épingles, avec son accent hongrois. Les étrangers sont de drôles de gens, naturellement. Aussi, Tump avait en général pour règle de ne pas se fier le moins du monde aux marchands d'art de Bond Street. Et cet homme-là, malgré ses vêtements, son fume-cigarette et son eau de Cologne Penhaligon[1], n'était,

1. Les eaux de toilette de cette maison, fondée en 1870 et

hélas, pas des nôtres... Bizarre, non, ça se remarque toujours. Néanmoins, il possédait tout un stock de racontars gentiment scandaleux sur le compte de personnes qu'ils connaissaient tous les deux, ce qui permit du reste à Tump de confirmer ses soupçons au sujet d'un certain marchand munichois. Oui, il aurait pu se retrouver coincé en bien plus ennuyeuse compagnie que celle de Szabo.

Devant la gare, ils ne trouvèrent pas de taxi à proprement parler mais un homme âgé, assis dans une voiture qui ne paraissait guère plus jeune que lui. Celui-ci n'avait apparemment pas la moindre envie d'abandonner le magazine *The Sporting Life* dans lequel il était plongé. Il finit cependant par concéder que son véhicule et lui étaient à louer, et tomba d'accord pour transporter les deux hommes sur les huit kilomètres qui les séparaient de Rytham Hall, près de Plummergen. Il réussit presque à tenir parole : les grilles du manoir étaient visibles quand la voiture, qui avait fait des bruits troublants dès le départ, s'arrêta complètement, dans un grand râle pétaradant. Là, Szabo paya le propriétaire de l'engin, malgré les protestations de Tump, et ils entreprirent de couvrir à pied la courte distance qui restait, laissant le chauffeur, éploré, scruter les entrailles du moteur.

Le commissaire Brinton venait de rejoindre la bibliothèque, après une brève réunion finale avec Foxon et Ranger dans la cabane à outils, lorsqu'un beuglement, émanant de l'étage supérieur, vint fracasser son calme relatif.

---

parfumeur attitré de la famille royale, évoquent une certaine image de qualité et de luxe discret. (*N.d.T.*)

— Z'ÊTES PAR LÀ, BRINTON ? Montez vite, et quatre à quatre, mon vieux !

Brinton soupira et grimpa l'escalier, tâchant de se rappeler à contrecœur que c'était lui qui avait désigné l'ancien guerrier comme guetteur, et que ce dernier était, par-dessus le marché, juge de paix et maître des lieux. Sir George l'attendait sur le palier :

— Il est arrivé ! Exactement comme vous pensiez, en marchant tranquillement dans l'allée, comme s'il était chez lui. Le copain est un sacré finaud. Tiré à quatre épingles. Et il a amené un complice, un type d'allure négligée, un peu rassis pour un boulot pareil, j'aurais pensé, mais c'est probablement un spécialiste des casses de coffres-forts ou autre chose. Et ils ont eu le culot de laisser à découvert la voiture dans laquelle ils vont ficher le camp — elle est parfaitement visible ! Le chauffeur fait semblant de tripatouiller le moteur.

Tout doucement, afin de ne pas déclencher un véritable incident, Brinton s'arrangea pour diriger le double canon de sir George ailleurs que vers lui.

— Hum, il vaudrait peut-être mieux laisser votre arme en haut, monsieur. Bon, maintenant, allons jeter un coup d'œil, voulez-vous ?

Deux minutes plus tard, le commissaire découvrait de la fenêtre du grenier le spectacle de Ferencz Szabo et sir Wormelow Tump, en pleine conversation, traversant la pelouse pour rejoindre la partie des jardins où Cédric Benbow et son équipe étaient occupés avec Marigold Naseby, Brinton le savait. Jumelles en main, il se retourna vers sir George Colveden :

— Ma parole, monsieur, rien ne vous échappe, je vois ça.

Sir George acquiesça d'un air grave qui vira peu à peu à une mine penaude, à mesure que Brinton poursuivait.

— Euh, de fait, ces deux hommes-là ne posent pas de problème. Ce sont les invités de Cédric Benbow. Et, là-bas, sur la petite route, c'est le vieux Mr. Baxter, de Brettenden, qui tripote sa voiture : elle est sûrement de nouveau en panne. Je suppose que c'est lui qui les a conduits depuis la gare.

— Vraiment, ah bon. J'aurais dû me souvenir de ces deux-là. J'ai plutôt l'air d'un cornichon, maintenant. Le feu de l'action, je suppose.

— Disons que c'était une répétition générale, voulez-vous, monsieur ? Bon, si vous voulez bien avoir l'amabilité de reprendre votre surveillance, moi, je redescends. Oh, une dernière chose : nous comptons sur un silence absolu dans la maison, pendant un minimum de dix minutes, avant et après l'heure H. Entendu, monsieur ?

— Motus et bouche cousue !

Jusque-là, ça allait. La voiture était bien cachée dans ce petit recoin idéal : on l'aurait cru fait pour ça. Elle était hors du passage, sans être dissimulée au point d'éveiller la suspicion d'un passant qui la remarquerait. Et il n'avait pas vu âme qui vive quand, l'air détaché, il avait emprunté le chemin qui prenait à angle droit de la petite route et longeait la propriété de Rytham Hall, bordée par un bon vieux mur de brique rouge.

Non que ça aurait eu la moindre importance qu'on l'eût vu passer : Prothero aurait eu l'air d'un simple promeneur en tenue de sport et avec un sac à dos, goûtant paisiblement les plaisirs de la campagne du Kent. La nature apportait son concours enthousiaste, s'arrangeant pour parsemer le ciel tout bleu de petits nuages blancs et duveteux, et pour que les oiseaux chantent les airs du répertoire réglementaire. L'homme, aussi, y mettait même du sien : le tracteur d'un fermier, quelque part, ajoutait à la scène la note conviviale d'un bruit familier, comme pour en souligner la normalité.

Le manoir était invisible de l'endroit où Prothero s'arrêta, mais il savait exactement où il se trouvait, grâce aux frondaisons d'un groupe d'arbres qu'il avait remarqué quand il était venu repérer l'extérieur de la maison, déguisé en technicien du téléphone.

Le mur ne posait pas de problèmes à un homme qui avait maintes fois relevé le défi du parcours d'obstacles de Sandhurst — le souvenir même en était douloureux ! Certes, il était bien plus jeune à l'époque mais, d'un autre côté, il portait alors de grosses chaussures, un fusil et une lourde charge de matériel sur le dos. Le fait d'être présentement vêtu de tennis légères, de jeans et d'un sweat-shirt (qu'il avait enfilé après avoir garé la voiture) compenserait largement le passage des années de belle vie. Et le petit sac à dos qui, dans — voyons —, dans une demi-heure contiendrait le butin, était léger comme une plume.

Un rapide regard alentour, une grosse pierre bien placée qui lui donnait d'emblée un supplément d'altitude d'une bonne vingtaine de centimètres, une traction des mains, des coudes, puis monter un genou, un pied, et sir Sebastian Prothero se retrouva confortablement allongé au sommet du mur, bien en équilibre. Il avait le cœur battant, moins à cause de l'effort physique que parce que ç'avait été la première phase risquée de l'entreprise. Il avait dû s'en remettre à la chance et espérer que nul ne choisirait ce moment-là pour se balader sous les arbres, de l'autre côté du mur. Mais la chance sourit aux audacieux, et l'assaut initial s'était déroulé comme prévu. Des situations plus délicates encore l'attendaient maintenant mais, au moins, il verrait où il allait.

De son perchoir temporaire, Prothero releva la tête avec précaution et jeta un regard circulaire sur les lieux. Il était presque parfaitement à couvert sous le feuillage, qui présentait cependant des trous à travers lesquels il distinguait avec netteté la maison et la majeure partie du jardin, de ce côté-là du manoir. En fait, ça n'aurait pas pu mieux se présenter. À une cinquantaine de mètres se tenait un groupe de gens, mais ils étaient bien trop occupés à ce qu'ils faisaient pour lancer ne serait-ce qu'un regard dans sa direction.

Cela dit, qui aurait pu les en blâmer ! Si la pépée était sans conteste une gourde, il fallait reconnaître que le vieux Benbow avait bien choisi en prenant cette nana Naseby comme portemanteau. Quant à lui, Prothero, il pouvait dire que le ciel le gâtait pour compenser sa petite mésaventure de la veille au soir, car Benbow s'était mis dans la cafetière de travailler *dehors* ce matin, et, donc, d'offrir à votre humble serviteur un coup d'œil anticipé sur les belles choses qui allaient lui revenir. Il n'eût osé espérer un tel bonus. Pendant la préparation de l'opération, il avait essayé d'en apprendre un maximum sur Lalique, sur le genre de personnes pour lesquelles il créait ses bijoux, et il en avait retiré l'impression que c'était des parures destinées à être appréciées à l'intérieur, sinon dans un boudoir, du moins dans une pièce luxueusement meublée.

Dans l'idée qu'il se faisait des photos de mode en extérieur, il imaginait une jeune femme hautaine, en classique tailleur de tweed pied-de-poule et chaussures plates, une main gantée légèrement posée sur le capot d'une Bentley à carrosserie luisante, garée devant l'imposante herse d'un château en Écosse. Accompagnée d'un chien-loup ou quelque autre énorme représentant de la race canine. Et voilà que Benbow s'activait à mettre en scène un tableau de plein air d'un tout autre genre. Il avait gracieusement disposé la longue silhouette de Marigold Naseby sur une précieuse *chaise longue** à l'ancienne, fort différente du siège du même nom qui fait office de mobilier de jardin, et pourtant le meuble était du plus bel effet à cet endroit-là.

Vue de loin, la fille aussi faisait belle impression, en robe à manches longues en soie épaisse, sûrement, couleur d'or mat. Elle la portait avec une sorte de turban sur la tête, confectionné dans le même tissu, qui lui couvrait les oreilles et une partie du front et retenait sa chevelure, à part quelques longues mèches luxuriantes qui tombaient en cascade sur le haut de sa poitrine. Les manches venaient mourir sur de longues manchettes ajustées, boutonnées aux poignets ; une longue ligne verticale de petits boutons partait du col simple, presque comme celui d'une chemise ouverte. Cela donnait à la robe des airs de soutane de prêtre catholique, sauf que les boutons s'arrêtaient au-dessus du genou et que la robe s'ouvrait pour révéler des jambes gainées de soie et élégamment croisées, et des chaussures d'un brun mordoré chatoyant, à hautes semelles compensées.

Mais le plus beau, du point de vue de Prothero, c'est que Marigold Naseby avait la taille ornée d'une chaîne d'argent massif — autant qu'il pût en juger — et semblait porter au moins trois énormes bagues aux doigts. Le turban était retenu — ou agrémenté — au front par une broche élaborée et... Bref, les choses s'annonçaient fort bien, pourvu que la stupide créature ne se dégonflât pas au dernier moment. Bon, c'est pas le tout de rester couché là, à fixer bêtement la scène : il est temps de se remuer.

Prothero rampa sur le faîte du mur pour venir se placer derrière un arbre de bonne taille, qui le dissimulerait aux regards des gens se trouvant dans le jardin. Puis, ayant doucement touché terre, il gagna en quelques secondes le couvert des buissons d'un parterre et vint se placer de manière à surveiller la fenêtre des cabinets. Il jeta un œil sur sa montre : excellent. Onze heures moins dix. Personne ne l'avait repéré, il en était certain.

— À l'heure pétante, monsieur, murmura Ranger dans son talkie-walkie. On l'a repéré dans le massif de buissons. Mieux vaut suspendre la communication jusqu'à ce qu'il prenne la marchandise et qu'on lui mette la main au collet. On ne peut pas courir le risque qu'il nous entende.

— D'accord. Je suis près de la porte de derrière, prêt à sortir pour vous rejoindre dès que la pagaille commencera. Terminé. Maintenez le silence radio. Glu numéro un, terminé.

Brinton farfouilla dans sa poche, à la recherche d'une des pastilles de menthe extra-super-ultra-fortes auxquelles il était aussi irrémédiablement accro qu'un drogué à sa came, et en jeta une dans sa bouche. Tout marchait comme sur des roulettes. Le message de Potter ne l'avait pas surpris, mais ça faisait plaisir de voir ses intuitions confirmées. Maintenant, le copain était littéralement en ligne de mire : Brinton l'avait non seulement vu se hisser sur le mur, mais, opérant au téléobjectif depuis la maison, il l'avait même photographié, couché dessus.

Il avait fait neutraliser la voiture et téléphoné son immatriculation au QG ; quand il aurait l'insigne plaisir de pincer le copain, les services auraient sans doute retrouvé la trace du propriétaire. Potter et son collègue montaient la garde près de la voiture, au cas, parfaitement improbable, où le copain leur filerait entre les doigts à Rytham Hall. Les deux autres hommes, munis d'une échelle légère, avaient été envoyés sur le petit chemin, derrière le mur, prêts à sauter par-dessus pour venir se jeter dans la mêlée au jardin, le moment venu.

À part la fille elle-même, Cédric Benbow était le seul civil dans le jardin qui fût dans le secret. Brinton interrompit un instant le fil de ses réflexions pour lui tirer son chapeau — façon de parler. Benbow était peut-être une vieille tantouse hystérique, mais il savait agir en professionnel détaché, quand il voulait. À onze heures moins cinq, il trouverait un petit détail qui cloche dans le turban de Marigold, se pencherait pour le rectifier et, que la fille réussît ou non à sortir la réplique convenue, il ferait comme si elle l'avait dite. Et là, après l'avoir expédiée aux toilettes avec une mauvaise humeur exagérée, il piquerait une rage terrible qui — il s'en était porté garant — clouerait toute l'équipe sur leurs sièges, Liz comprise, pendant dix minutes, un quart d'heure.

Miss Seeton était une bonne pâte, elle aussi, tranquillement assise dans les vestiaires improvisés, attendant que la fille entrât dans la maison pour faire le nécessaire. La pépée à tête de linotte serait sans doute dans un tel état qu'elle ne se souviendrait même plus du jour de la semaine, sans parler des manœuvres qu'on avait répétées, et Miss Seeton serait probablement obligée de l'aider à enlever les bijoux. C'est aussi elle qui devrait les envelopper, à sa place, dans du papier hygiénique, et les jeter par la fenêtre. La petite dame pouvait être une vraie plaie quand elle s'y mettait, mais c'est sûr qu'elle n'avait pas volé ses émoluments, ces deux derniers jours. Et dire que s'il avait appelé l'Oracle à Scotland Yard au début de toute cette affaire, c'est parce qu'il était convaincu qu'elle réussirait d'une manière ou d'une autre à faire foirer l'opération, du simple fait qu'elle habitait tout près de Rytham Hall (elle pouvait y aller à pied) !

Bon, eh bien, le dénouement était proche. Ç'aurait été plutôt agréable de penser qu'il serait là quand tout serait bouclé, que l'opération aurait été conclue avec succès et que Benbow aurait remballé tout son matériel ; plutôt sympa, aussi, de voir la camionnette de Sécuricor repartir avec la collection de bijoux Lalique intacte. Enfin, c'était tout de même une consolation de savoir qu'à cette heure-là il serait probablement installé au commissariat d'Ashford, dans une des pièces où l'on interroge les suspects. Et là, assis face au copain, qui aurait un nom à ce moment-là, il lui signalerait une par une les erreurs qu'il avait commises.

Le commissaire Brinton regarda sa montre pour la énième fois et se rapprocha de la porte de la cuisine, de façon à avoir aussi vue sur une partie du hall d'entrée. Voilà, ce serait d'une minute à l'autre, maintenant... Ah, la voilà, à l'heure pétante ! Brave petite ! Et Miss Seeton qui se précipite pour l'aider, lui murmure des paroles rassurantes... Formidable !

Il s'octroya une autre pastille de menthe.

CHAPITRE XVIII

Dans la pénombre humide de la cabane à outils, l'enquêteur Foxon sentit sur lui le regard de l'inspecteur Ranger, jeta un œil sur sa montre et leva les sourcils en signe d'interrogation muette. Ranger fit oui de la tête et reprit sa surveillance par la haute lucarne par laquelle il arrivait à voir, lui, grâce à sa taille. Foxon devait se contenter d'épier à travers un petit espace qu'il avait ménagé en écartant deux des planches du mur. L'heure H était arrivée et le silence commençait à devenir oppressant.

De leur point d'observation, les deux policiers pouvaient voir à la fois la fenêtre des toilettes et le copain — puisque, maintenant, ils savaient où regarder —, tapi sous les buissons. Comme toutes les autres fenêtres de la maison, celle des cabinets était à guillotine, de ces charmantes fenêtres à l'ancienne, au cadre de bois peint en blanc. Les toilettes, comme la cuisine, un peu plus loin, étaient équipées d'un ventilateur Vent-axia, installé dans le mur, mais, par cette belle matinée d'été, on avait tiré la partie supérieure de la fenêtre vers le bas, de façon à laisser une ouverture d'une quinzaine de centimètres, derrière laquelle dansait un rideau d'étoffe légère, au souffle de la brise.

Mais, était-ce vraiment la brise ? Non ! Il se passait

quelque chose. La fenêtre fut tirée vers le bas, pour agrandir l'ouverture d'une dizaine de centimètres, les rideaux se séparèrent un instant, et un paquet mal enveloppé vola dans les airs. Voyant le mystérieux inconnu se précipiter vers la fenêtre, les deux policiers se jetèrent aussitôt dans l'action, Ranger criant : « GO, GO, GO ! », l'ordre préféré des officiers qui commandent les troupes d'élite pour l'attaque-surprise de bâtiments occupés par des terroristes (il l'avait remarqué). En tant que Glu numéro deux, il voulait que son intervention fût, à sa façon, aussi impressionnante que l'avait été celle du commissaire Brinton, au talkie-walkie. Il avait pris la précaution de déverrouiller la porte de la cabane, et Foxon fut le premier à l'atteindre.

Ranger, qui arrivait sur ses talons, oublia malheureusement de baisser la tête et se cogna contre une des quatre poutres qui supportaient le toit. Ce qui le fit trébucher sur un arrosoir et tomber en avant : bras tendus, il vint percuter Foxon derrière les genoux et le fit choir à grand fracas. Jurant avec une éloquence qui sortait droit du cœur, Foxon s'extirpa de cet embrouillamini et se releva tant bien que mal, juste à temps pour voir le voleur ramasser le paquet et virer, pour replonger sous le couvert des buissons.

C'est alors que le commissaire Brinton surgit brusquement de la cuisine en hurlant : « HÉ, VOUS, LÀ-BAS ! ARRÊTEZ ! POLICE ! » Le type hésita un instant car, au même moment, deux autres policiers se précipitaient vers lui à travers les buissons. Foxon poussa un soupir de soulagement : en dépit des efforts de ce grand abruti de Ranger, on avait fini par coincer le bonhomme, semblait-il. Oh, mais peut-être pas encore tout à fait ! Ne voyant qu'un seul moyen d'échapper à cette embuscade policière, le fieffé fumier fila en direction de la porte de la cuisine — d'où venait de sortir Brinton —, au moment même où un *deuxième* paquet s'envolait par la fenêtre des cabinets. Là, fallait reconnaître que le type était futé ! Il l'attrapa de sa main libre, comme un avant de rugby, et disparut dans la maison.

Brinton dérapa en voulant faire volte-face, tournant la tête d'un côté, puis de l'autre, tel un taureau frustré.

— Allez devant la maison, Foxon ! Prenez des renforts au passage ! cria-t-il, avant d'ajouter, avec des signes frénétiques à l'adresse des deux policiers dans les buissons : Vous deux, entrez vite !

— On dirait qu'il y a pas mal de remue-ménage dans la maison, ma chère, signala Miss Seeton à Wendy qui s'en était bien rendu compte et s'était blottie derrière un portemanteau du vestiaire, chargé de robes.

C'est en effet là que Miss Seeton l'avait amenée pour s'occuper des bijoux, et là que Wendy avait la ferme intention de rester dans l'avenir immédiat.

— Et dehors aussi, on dirait, ajouta Miss Seeton.

Elle se dirigea vers la porte, s'arrêta un instant pour réfléchir, puis, avant de quitter la pièce, reprit son parapluie qu'elle avait déposé près de la cheminée.

Wendy resta là un moment, mais prit peu à peu conscience que c'était la première fois, depuis une éternité, qu'elle se sentait allégée d'un poids : elle n'était plus obligée de suivre les instructions de quiconque. Pas plus celles du terrifiant bonhomme du téléphone que les trucs bizarres que Cédric Benbow et plusieurs flics lui avaient dit de faire et de ne pas faire. Cette Miss Seeton était une bonne dame plutôt sympa, mais complètement gaga ; on n'arrivait même pas à comprendre ce qu'elle racontait, les trois quarts du temps, alors c'était un soulagement de ne plus l'avoir sur le dos pendant un petit moment. Il ne restait plus que ce vieux Cédric, mais avec la pagaille qui régnait, il ne pouvait pas s'attendre à la revoir tout de suite dans le jardin, non ? De toute façon, avec tous ces cris, et les poulets qui faisaient un bruit d'enfer en courant dans les couloirs avec leurs grosses godasses sales, on ne s'entendait plus penser. Tout de même, ç'avait l'air intéressant, ce qui se passait, et il se pourrait...

Jeune et en bonne santé, Wendy se sentait bien mieux, à présent. Sa curiosité naturelle reprenait le dessus, tentant d'effacer le souvenir, par trop cuisant, de sa terreur récente. Elle alla à la porte et, tendant l'oreille, l'entrouvrit d'abord à peine, puis assez pour jeter un œil dans le spacieux hall d'entrée. La scène qu'elle contempla alors surpassait de beaucoup la télévision, décida-t-elle sur-le-champ. Tant et si bien qu'elle ouvrit la porte en large, alla prendre une chaise et grimpa dessus pour mieux voir. Même sans bijoux, elle faisait une parfaite héroïne wagnérienne, avec sa robe somptueuse et son turban.

À mi-hauteur du grand escalier, un sir George Colveden cramoisi campait courageusement sur ses positions, malgré la menace de son propre fusil que sir Sebastian Prothero braquait sur lui, deux marches plus haut. Les deux paquets enveloppés de papier hygiénique que Prothero avait dérobés étaient posés un peu plus haut, dans l'escalier. Des tas de gens se pressaient en bas des marches : ça faisait un effet de foule qui renforçait encore l'impression d'être en plein opéra.

Il y avait là, plus ou moins de dos à Wendy, le commissaire Brinton, avec un Bob Ranger encore légèrement sidéré, les deux policiers à qui il avait enjoint de le suivre à l'intérieur de la maison. Sans oublier Nigel Colveden et Smithers, l'agent de Sécuricor, tous deux surgis de la salle de musique où on les avait relégués pour mettre la bibliothèque à la disposition de Brinton. Côté cour de la scène (pour ainsi dire) se trouvaient ceux qui étaient entrés par la porte principale : l'enquêteur Foxon, suivi d'un sir Wormelow Tump aux yeux qui lui sortaient des orbites, et d'un Ferencz Szabo nettement plus maître de soi. Si Wendy ne s'y retrouvait guère dans tous ces gens-là, elle reconnut cependant sans hésiter Mel Forby, à l'avant-plan : mais d'où était-elle donc sortie, elle ?

Cédric Benbow, qui tentait de se rapprocher de l'action, était retenu par son factotum et ses cohortes d'assistants qui virent leurs efforts récompensés par une jolie bordée d'insultes bien juteuses, à la sauce sud-londonienne. Lady Colveden, qui faisait partie de ceux qui se trouvaient dans le jardin, se tenait légèrement à l'écart ; une main sur la bouche, horrifiée, elle fixait d'un œil sidéré son mari pris en pleine bataille. Elle seule, de toute la compagnie, semblait privée de l'usage de la parole.

Car il ne faudrait pas supposer que le drame qui se jouait manquait de dialogues appropriés. Il y en avait au contraire pléthore. Sir George fulminait contre Prothero, qui ne se donnait pas la peine de répondre, étant — ça se comprend — trop occupé à réfléchir. Benbow, on l'a déjà noté, houspillait ses nombreux assistants. Et Brinton invectivait tour à tour Ranger, Foxon, sir George et Prothero.

C'est alors que Ferencz Szabo — ou plutôt, Frank Taylor — trouva enfin un rôle à la mesure de ses talents. Une lueur nostalgique s'allumant dans ses yeux, sa poitrine enfla tandis qu'il inspirait une vaste quantité d'air, et la voix qui avait jadis fait l'envie d'éminents personnages, tel le sergent-major de sa compagnie pendant la guerre, résonna avec toute la force et la majesté d'un rugissement, noyant sans effort le concert de plus piètres organes :

— TA GUEULE, ESPÈCE D'HORRIBLE M'AS-TU-VU ! OU JE T'ÉTRIPE !

Un silence stupéfait s'abattit sur la compagnie, bientôt rompu par ce Frank Taylor réincarné : il reprit la parole, adoptant, cette fois, le ton pète-sec et autoritaire d'un officier de l'armée régulière.

— Hé, vous là-bas ! Oui, vous, le foutu crétin dans l'escalier ! À quoi croyez-vous que vous jouez ? Abaissez immédiatement cette saloperie de fusil !

Tous les regards, même ceux de Prothero, se braquèrent, ne serait-ce que quelques secondes, sur la silhouette parfaitement élégante et le visage fadasse d'où émanaient des sons aussi incongrus. Tous les yeux, sauf ceux de Miss Seeton : la poignée de son parapluie émergea délicatement du groupe massé au bas des marches, attrapa sans bruit l'un des deux paquets posés derrière Prothero, et le tira à travers les barreaux de la rampe jusqu'à ce qu'il tombât dans les mains de la propriétaire du pépin.

— Vous savez, je ne crois pas que vous ayez dit la vérité quand vous m'avez raconté que vous étiez un ornithologue amateur, lança Miss Seeton d'une voix claire qui, à sa manière, fit presque autant d'effet que les martiales imitations de Ferencz Szabo. Et dire que j'ai eu de la peine pour vous, quand vous vous êtes éraflé et que vous êtes tombé dans le canal !

Prothero fit aussitôt volte-face en entendant cette voix, gardant cependant son fusil braqué sur sir George. Il jeta un bref coup d'œil derrière lui et, se rendant compte qu'un des paquets avait disparu, regarda de nouveau. Avec un grognement, il tendit la main pour récupérer le paquet restant, mais le saisit de telle manière qu'il se retrouva avec à la main une longue bande de papier hygiénique, tandis que le contenu dévalait les marches, devant lui.

La vue de la tête réduite provenant de la collection royale, de ce minuscule visage qui le fixait d'un air désapprobateur, décontenança Prothero. Les canons du fusil hésitèrent et retombèrent ; c'est là que, effectuant un plongeon quasi suicidaire, sir George réussit à récupérer son arme qu'il serra sur son cœur d'un geste protecteur. Pour être doublement sûre que le problème était réglé, Miss Seeton joua encore une fois de sa poignée de parapluie, l'accrochant, cette fois, à la cheville droite de Prothero et le faisant choir, fort à propos, dans les bras ouverts de Bob Ranger. Bob le plaqua au sol, face contre terre, et s'assit sur son dos.

— Je t'ai eu, ce coup-là, mon beau salopard ! lança-t-il en insistant lourdement, pourrait-on dire, de toute la masse de ses cent kilos.

— Attention ! s'écria sir Wormelow, s'approchant d'un bond. C'est la tête de Sa Majesté, là, par terre !

Il ramassa l'horrible curiosité et la contempla avec une tendre sollicitude, non sans lancer des regards de reproche à Miss Seeton.

Brinton se dit qu'il était largement temps d'affirmer son autorité.

— Messieurs et mesdames, puis-je avoir votre attention ? hurla-t-il d'une voix de stentor. Je suis officier de police et...

— Et une sacrée belle jambe que ça nous a fait, Brinton, quand ça a tourné au vinaigre ! grogna sir George. Je voudrais pas vous vexer, mon vieux, mais il a fallu cet homme merveilleux, fit-il en s'approchant de Szabo, pour distraire l'attention de l'affreux individu.

Il avait, heureusement, ouvert le fusil entre-temps, et portait l'arme, confortablement, au creux de son bras.

De sa main libre, il saisit celle de Szabo et la serra vigoureusement.

— Félicitations, monsieur ! Sacrée bonne idée ! Et mes sincères remerciements. Je peux vous demander le nom de votre régiment ?

L'ex-sergent (par intérim) Frank Taylor lui sourit avant de se fondre en Ferencz Szabo.

— Royal Army Service Corps, mon général. Imitateur vedette des galas du samedi soir, dit-il, avant de conclure sur une parfaite imitation des riches inflexions de sir George : Sacré culot, hein, de vous menacer de la sorte, non ? Ça lui ferait les pieds, à ce misérable, qu'on lui chourave son froc !

Le long après-midi d'été se parait d'une douceur dorée, à l'approche du soir. Bob Ranger traversa la pelouse en direction de Miss Seeton, assise sur un pliant de toile, le fusain glissant doucement sur le bloc à dessin. Elle l'accueillit avec un aimable sourire, mais elle avait déjà rangé tout son matériel quand il s'approcha.

— Eh bien, Mr. Ranger ! Quelle journée bien remplie ! Vous ne voulez pas prendre un fauteuil et vous asseoir auprès de moi ?

— Merci tout de même, mais je dois repartir sur-le-champ. Je suis juste venu vous annoncer une bonne nouvelle.

— Ah, ça fait plaisir. Avez-vous fixé une date, Anne et vous ?

— Non, pas encore. À vrai dire, j'avais d'autres choses en tête, aujourd'hui. Et j'aurais pensé que vous aussi, vous aviez largement de quoi vous occuper, ajouta-t-il avant d'agiter un doigt énorme. J'ai honte de vous, Miss Seeton. Vous être ainsi approprié un objet appartenant à la reine !

— Oh, on ne peut guère parler d'*appropriation*, non ? C'est tout à fait par inadvertance qu'il est venu en ma possession. Sir Wormelow semblait tellement pressé et je n'arrivais pas à rouvrir la porte, voyez-vous. J'ai essayé de le rattraper et de lui expliquer. Mais, ensuite, c'était trop tard, et je me suis dit qu'après tout s'il l'avait prêté à Douglas Greatorex, ça n'aurait guère d'importance que j'attende aujourd'hui pour le lui rendre... Sir Wormelow a paru fâché sur le coup, je dois l'avouer, mais, une fois qu'il a pu vérifier que l'objet n'était pas abîmé — si tant est que le mot s'applique à une tête humaine qui a subi un tel procédé de conservation ! — bon, où en étais-je donc ? Ah oui. Je crois qu'il m'a pardonné.

— Oui, je pense aussi que ce doit être le cas. Mais, qu'est-ce qui vous a pris de l'emballer et de la jeter par la fenêtre ?

— Mon Dieu, qu'est-ce que vous devez penser de moi, Mr. Ranger ? C'était une chose abominable, de ma part, et si inconsidérée ! J'attendais d'aider cette pauvre Marigold, quand elle rentrerait dans la maison, voyez-vous : je devais envelopper les bijoux à sa place. Pendant que je réfléchissais à ça, il m'est venu à l'idée que je ferais mieux d'envelopper la tête, aussi, avant de la rendre à sir Wormelow. Figurez-vous qu'il m'avait raconté à quel point ça avait chamboulé l'inspectrice d'académie du Conseil régional de Londres quand elle l'avait vue, exposée sur la paillasse de la salle de sciences naturelles de l'école, alors j'ai voulu éviter de l'embarrasser, quand je la lui rendrais en présence d'autres personnes.

— Très délicat de votre part, si je peux me permettre.

— Eh bien, j'ai sorti la tête de mon sac et je l'ai emballée dans du papier hygiénique pour la protéger, dans l'intention de la mettre ensuite dans un sac en plastique. Pas très élégant, je le crains, mais, en fin de compte, sir Wormelow a paru satisfait du sac de Sainsbury's que lady Colveden a trouvé pour l'envelopper, non ? Bon, mais c'est à ce moment-là que Marigold est arrivée, alors j'ai dû lâcher mon paquet et me dépêcher de l'aider, voyez-vous. Que son ensemble avait de l'allure, Mr. Ranger, même si la petite ne savait plus du tout où elle en était, à ce moment-là ! Et alors... oh, mon Dieu, je n'ai vraiment aucune excuse, mais, moi aussi, je n'avais plus les idées très claires, et les deux paquets se ressemblaient tellement...

— Que c'est le mauvais que vous avez envoyé par la fenêtre ! hoqueta Ranger, qui avait peine à parler tant il se tordait de rire.

Miss Seeton, gênée, rosit fortement.

— Euh, oui, c'est exactement ce qui s'est passé, j'en ai peur. Je me suis rendu compte de ma méprise dès que le paquet a eu quitté ma main, mais je n'ai pas pu imaginer autre chose que de jeter le bon ensuite...

— Vous avez perdu la tête, c'est le cas de le dire, non ! releva Ranger en pouffant de plus belle, ravi de son *bon mot**. Et, grâce à vous, notre malfaiteur a perdu la sienne. En tout cas, bien joué, Miss Seeton ! Tout le monde est d'avis que c'est vous et ce fameux Szabo qui avez sauvé les meubles.

— Le roi Édouard VII avait voulu s'en faire un presse-papiers, vous savez. Quand il était prince de Galles.

Comme si souvent, Ranger sentit qu'il perdait pied dans les méandres de la pensée de Miss Seeton. Entre le Conseil régional de Londres, la paillasse de la salle de sciences naturelles et, maintenant, Édouard VII, la tête réduite semblait avoir connu une histoire plutôt mouvementée, mais ç'aurait été trop laborieux de démêler cet embrouillamini. Et puis, ça n'avait pas grande importance, finalement. Il s'étira, retenant un bâillement.

— Eh bien, dans ce cas, je suis sûr que sir Wormelow est ravi de l'avoir de nouveau entre les mains, en bon état. Paisible, non, après toute cette pagaille ?

Miss Seeton fit oui de la tête, l'air serein.

— Les Colveden doivent être contents de se retrouver tranquilles chez eux, ajouta-t-elle. Mais Nigel aura besoin d'un ou deux jours pour se remettre de sa déception.

— Déception ?

— À propos de Marigold. Cependant, il a été très courageux, sur le moment, et ça augure plutôt bien de la suite, non ?

— Je ne vous suis pas très bien. Il ne s'imaginait tout de même pas qu'elle allait rester là, quand Benbow aurait fini et que son équipe aurait remballé tout le matériel, non ?

— Oh, non, je ne crois pas, mais je suis sûre qu'il comptait la revoir. Mais, là-dessus, Mr. Manning est arrivé pour la reconduire à Londres. Marigold avait déjà été si contente de revoir Miss Forby...

— Ce qui me fait penser : comment est-elle arrivée ici, celle-là ?

— Oh, elle était là quand l'homme est tombé dans le canal. Vous savez que, malgré tout, je regrette, même si je sais maintenant que, de toute façon, le petit canard ne l'aurait sans doute pas intéressé. Alors, bien sûr, elle a décidé — Miss Forby, je veux dire — de venir ici aujourd'hui.

Ranger ferma les yeux, s'ébroua vigoureusement, et décida de prendre les choses avec méthode.

— Vous étiez en train de me dire que Nigel Colveden était déçu.

— Mais oui. Eh bien, Mr. Manning est arrivé et, comme Miss Forby et lui sont des amis de Marigold, ils ont tous été heureux de se retrouver. Nigel était là ; il est devenu pâle comme un linge et il est parti, l'air complètement effondré. Probablement parce que Marigold et Mr. Manning se sont dit bonjour très affectueusement. Mr. Manning, qui était très excité, a expliqué à Marigold qu'il avait un nouvel engagement important pour elle. Marigold et lui, ils vont très bien ensemble, à mon avis. Et Miss Forby partage cet avis, je crois.

— Qui est ce Mr. Manning ? Et de quel engagement s'agit-il ?

— Mr. Manning, Mr. Harry Manning — tiens, c'est vrai, je suppose que son vrai prénom est Henry. Je me demande si ses parents lui ont donné ce nom-là à cause du cardinal[1] ? fit-elle, s'interrompant un instant et hochant la tête. À la réflexion, j'en doute. J'ai l'impression que s'il a jamais été catholique, il a bien pu laisser tomber... Enfin, lui aussi, il est photographe, comme Cédric Benbow, mais peut-être pas aussi éminent. C'est Mr. Manning qui a « découvert » — c'est comme ça, qu'on dit ? —, découvert Marigold. Et maintenant, il va toucher beaucoup d'argent — elle aussi, bien sûr — pour photographier Marigold. Pour un calendrier. Une histoire de pneus de voiture. Pirelli[2] ? Encore un cardinal[3], sans doute... Pauvre Aubrey Beardsley, tant de talent, et mourir si jeune !

1. Henry Manning, prélat britannique du XIXe siècle, converti de l'anglicanisme au catholicisme, fut, entre autres, archevêque de Westminster avant de devenir cardinal. (*N.d.T.*)

2. Les pneus Pirelli éditent un calendrier de pin-up plus ou moins habillées, qui est très prisé, entre autres, dans le milieu des routiers. (*N.d.T.*)

3. Pour Miss Seeton, qui possède une culture artistique certaine, Pirelli évoque plutôt le nom d'un cardinal, dans un

— Elle va poser pour un calendrier Pirelli ?

— C'est ce que j'ai cru comprendre, oui.

— Ah bon, je comprends que Nigel ait été fâché d'entendre ça, remarqua Bob qui se racla la gorge avant de poursuivre. Enfin, c'est son affaire. J'ai parlé avec Mr. Delphick au téléphone, Miss Seeton. Il vous envoie ses félicitations et ses meilleurs souhaits. Et Mr. Brinton a appelé d'Ashford.

Miss Seeton se rembrunit.

— Je sais qu'il s'est très mal conduit, mais, dans un sens, je ne peux pas m'empêcher d'avoir de la peine pour l'amateur d'oiseaux. Le présumé amateur d'oiseaux, je veux dire. Tout seul contre tant de gens, finalement.

— À votre place, je ne gaspillerais pas ma sympathie pour lui. Apparemment, c'est vraiment de la mauvaise graine, malgré tous les avantages qu'il a eus dans la vie. Vous allez être étonnée d'apprendre que c'est un baronnet, du nom de sir Sebastian Prothero. Qui était officier dans les *Guards*, jusqu'à ce qu'il soit cassé pour conduite indigne d'un officier et d'un gentleman. Depuis, il vit de son astuce, et ça lui a plutôt pas mal réussi, jusqu'à présent. Plus la cambriole, comme activité annexe.

— Mon Dieu ! Qu'est-ce qui va lui arriver ?

— Bien moins de malheurs que ce qu'il mérite, à mon avis. Maintenant que sir George sait que Prothero était dans les *Guards*, il n'est pas question qu'on l'accuse d'agression armée. Il prétend que c'est le

des romans délicieusement décadents d'Aubrey Beardsley, qu'elle a dû lire par curiosité, connaissant l'œuvre picturale du célèbre illustrateur et affichiste, influencé par l'art japonais et le style Art Nouveau, chef de file du « Mouvement esthétique », né en 1872 et mort tuberculeux à l'âge de 26 ans. (*N.d.T.*)

genre de chose que n'importe quel militaire est susceptible de faire, dans le feu de l'action.

— Eh bien, il faut convenir que c'est en effet le genre de chose que sir George lui-même pourrait faire. Et puis, il n'a pas *vraiment* volé les bijoux, non ? Je veux dire, ils n'ont jamais quitté le manoir.

— Oh, que si, Miss Seeton ! La loi est très claire, sur ce point. Même s'il n'a eu les bijoux en sa possession que quelques minutes, il les a tout de même bel et bien volés, et vous les avez escamotés. C'est d'ailleurs à ce sujet-là que j'ai une bonne nouvelle pour vous. Mr. Brinton a déjà averti les assureurs et Sécuricor, et il m'a chargé de vous dire qu'ils vont se mettre en contact avec vous, au sujet de votre récompense.

— Un autre whisky, Wonky ?

— Euh, merci, George, je crois bien que je me laisserai tenter.

Sir George Colveden fit un effort pour se lever et se dirigea vers le buffet. Là, il se retourna pour regarder ses nouveaux amis avec un grand sourire. Sacrés bons garçons, quand même, qui étaient venus à la rescousse dans une situation délicate ! Parfaitement juste et légitime qu'on soit passés tout de suite aux prénoms, après ce qu'on avait vécu ensemble ! Tenez, prenez ce vieux Cédric, là, par exemple : c'était peut-être une pédale, mais avec le cœur au bon endroit. Aucun doute là-dessus, nom d'une pipe ! Et puis, ce serait peut-être une bonne idée aussi de ne pas perdre de vue le dénommé Tump. Ami intime de Cédric, après tout. Sans doute pourquoi on le surnommait Wonky[1] — et

1. Le mot, qui signifie « bizarre, fêlé », est aussi employé, dérogativement, pour qualifier un homosexuel. Et sir George, qui croit que Benbow en est un, ne s'étonne pas que son « ami » soit affublé d'un tel sobriquet. (*N.d.T.*)

alors ? Une sacrée bonne pâte quand même, et Brinton avait été ravi de sa contribution.

— Votre verre me paraît plutôt correctement garni, Cédric, mais le vôtre, Frank ?

— Je dirais pas non, George.

— Ça vient, mon vieux.

C'était extraordinaire. À le voir, il pouvait passer pour un étranger au nom à coucher dehors mais, quand il voulait, il était aussi britannique que le drapeau anglais ! Éclectique, aussi : ce gars-là pouvait imiter n'importe qui. Sauf moi, quoi qu'en dise Meg. Elle a dû se tromper quant à ça.

— Tout le monde a ce qu'il faut ? Bon. Dites donc, Wonky, c'est incroyable que vous ayez su exactement d'où provenaient les objets que la police a trouvés dans la voiture de Prothero.

— Pas vraiment. Je n'aurais guère été digne de mon poste si je n'avais pas su reconnaître les miniatures et la pendulette en bronze doré à l'or fin. Ce Prothero a l'œil pour la qualité. Ça vous a contrarié, non, George, d'apprendre qu'il avait été un officier de l'armée régulière ?

— Je dois reconnaître que oui, plutôt. Et dans les *Guards*, qui plus est ! Sacrément dommage. Il en avait l'allure, comme Frank l'a repéré avant de se lancer dans son petit numéro de parade militaire. Ça se voit, quand on a été formé à ça. D'ailleurs, ça lui est resté : il s'est figé sur place en entendant une voix de sergent-major. Au point où nous en sommes, je n'ai pas honte d'avouer que ça m'a fait le même effet. N'importe quel type qui a été dans l'armée réagira comme ça. Comment ils appellent donc ça, les psy ? Un réflexe conditionné ? Enfin, je suppose qu'il va devoir faire de la taule... Dommage que ce soit illégal que je siège quand il comparaîtra... Mais je vais peut-être en toucher deux mots à mes collègues juges de paix. Leur suggérer qu'il n'est pas nécessaire de trop l'assommer.

— Ne vous laissez pas prendre par les sentiments, George ! Ce gars-là est un sale type et un escroc, tout baronnet qu'il soit, fit sir Wormelow d'un ton un rien mélancolique — celui du simple chevalier[1] qui parle à un baronnet héréditaire d'un autre baronnet du même tonneau.

— Oh, absolument, mais reconnaissez qu'il a une certaine classe, quand même. Voyons, on ne l'aurait jamais enrôlé dans les *Guards* autrement ! Je réfléchissais : quand ils le libéreront, je tâcherai peut-être de lui trouver le genre de boulot qui conviendrait à ses talents. Le secrétaire de mon club de golf doit prendre sa retraite d'ici environ un an...

1. Comme l'indique son titre de « *sir* », Wormelow Tump est, techniquement, un « chevalier », ce qui, dans la hiérarchie, le place loin derrière la pairie héréditaire à laquelle appartiennent, outre leur rang de chevalier, les deux baronnets que sont sir George et sir Sebastian Prothero. (*N.d.T.*)

CHAPITRE XIX

— Eh bien, voilà, Roland, déclara sir Hubert Everleigh. Guère le genre de preuve qu'on pourrait verser dans un dossier. Et relativement ambiguë, qui plus est. À supposer que vous vous fiiez au jugement instinctif de Miss Seeton.

— Bien sûr que oui, après l'avoir vue en pleine action à Buckingham Palace, la semaine dernière !

Le sous-directeur adjoint Fenn jeta de nouveau un regard sur le fouillis de feuilles de papier à dessin éparpillées sur la grande table, à laquelle il était assis en compagnie du directeur adjoint et du commissaire divisionnaire Delphick.

— Désolé d'avoir été obligé de vous laisser dans l'ignorance jusqu'à présent, Delphick, dit-il.

— Moi aussi, je suis désolé, mais surtout parce que j'aurais adoré la voir en pleine action là-bas, déclara Delphick. Selon l'inspecteur Ranger, elle devait avoir cette saloperie de tête dans son sac quand elle a été présentée à la reine. Mais je crois bien que j'aurais encore préféré être à Rytham Hall, jeudi dernier. Ça a dû être une fameuse pagaille.

Sir Hubert acquiesça du chef.

— Que s'est-il passé, *au juste* ?

— Je ne suis pas sûr que nous le saurons jamais

exactement. Il se pourrait que le meilleur récit condensé soit le reportage exclusif d'Amelita Forby, dans le *Daily Negative.* J'ai eu une longue conversation au téléphone avec le commissaire Brinton, du district de police du Kent, et, naturellement, j'ai interrogé mon homme, Ranger. Ils ont tous les deux beaucoup à dire sur le déroulement des événements en général, et leurs récits se corroborent, comme de bien entendu. Mais, d'un autre côté, j'ai l'impression qu'aucun d'eux ne tient particulièrement à ce que les détails de sa participation personnelle soient consignés pour la postérité. Sachant le rôle qu'a joué Miss Seeton, ce n'est peut-être guère étonnant que les choses ne se soient pas déroulées exactement comme prévu. Ce qui n'est pas clair pour moi, par exemple, c'est comment il se fait que, malgré la parfaite embuscade qui avait été organisée, Ranger et trois de ses collègues — sinon quatre — n'aient pas réussi à pincer ce bonhomme Prothero *à l'extérieur* de la maison. Et comment il se fait que George Colveden ait été en train de se balader avec un fusil chargé, *à l'intérieur* du manoir.

— Mais ils l'ont tout de même eu, en fin de compte, non ?

— Oui, en grande partie, semble-t-il, grâce à cet incroyable Hongrois et à Miss Seeton.

— Hongrois ? Quel Hongrois ? s'exclama Fenn qui se pencha en avant, ses antennes de chef des Services spéciaux toutes vibrantes. Que faisait-il en dehors du périmètre autorisé ?

Delphick le regarda un moment d'un air hébété, puis il comprit et eut un petit rire.

— Mais non, monsieur, ce n'est pas un diplomate. En réalité, ce n'est pas non plus un Hongrois à proprement parler : ça fait des années qu'il est naturalisé, sous le nom de Frank Taylor. Il s'appelait à l'origine Ferencz Szabo, un nom dont il se sert de nouveau pour raisons professionnelles — il a une galerie dans Bond Street. C'est Cédric Benbow qui l'avait invité à Rytham Hall, ainsi que Wormelow Tump.

— Ainsi, c'est un ami de Tump, hein ?

— Voyons, voyons, Roland, ne vous emballez pas ! fit sir Hubert. Je peux suivre le fil de votre pensée, mais ce n'est pas parce que ce gars-là est né en Hongrie que ça fait de lui un espion.

— Et ce n'est pas un ami de Tump, autant que je sache, rectifia Delphick. C'est juste quelqu'un qu'il connaît pour raisons professionnelles. Selon Brinton, ils se sont rencontrés par hasard dans le train, et ils ont partagé un taxi de Brettenden jusqu'à Rytham Hall. Mais il n'est pas impossible qu'ils se lient d'amitié, je suppose. Sir George a tellement apprécié sa petite aventure qu'il a décidé de fonder une sorte de club d'anciens combattants — autrement dit, de se retrouver de temps en temps pour dîner ensemble. En dehors de lui-même, le club comprend Cédric Benbow — qui a logé au manoir et qui est devenu une sorte de pote de sir George —, ce fameux Taylor ou Szabo, et Wormelow Tump. Taylor s'est révélé le héros du moment, en devinant que Prothero était un ancien militaire et en hurlant un ordre du genre de ceux qu'on donne à la parade. Ce qui a déconcerté l'autre, et donc fait gagner un temps précieux. La chose a fortement impressionné sir George, qui considère que Taylor lui a probablement sauvé la vie.

Fenn restait soupçonneux.

— Et pourquoi, dites-moi, est-ce que Colveden voudrait inclure Wormelow Tump dans cette noble compagnie ?

— Oh, c'est assez facile à expliquer, monsieur. Une

fois que Prothero a été arrêté et emmené à Ashford par Brinton, c'est Ranger qui a pris le commandement, au manoir, et il m'a raconté ce qui s'était passé. Benbow est reparti travailler dans le jardin, parce que c'était leur dernier jour et qu'il lui restait encore quelques photos à prendre avant de plier bagage. Sir George s'est donc retrouvé à se tourner les pouces, après toute l'excitation, et quand il s'est avisé que Ranger allait examiner la voiture de Prothero, il a persuadé ses nouveaux amis Taylor et Wormelow Tump de venir farfouiller avec lui, dans l'espoir de s'amuser encore un petit peu. Et c'est là que Tump, à son tour, a impressionné le général.

— Comment ça ?

Sir Hubert s'amusait bien du récit de Delphick et, en bon public qu'il était, savait encourager un conteur pour l'inciter à continuer.

— Au moment de l'arrestation de Prothero, Ranger a pensé à lui prendre ses clés de voiture. Et heureusement, parce que le verrou du coffre était un système ultra-sûr et hyper cher, qui aurait pu leur donner pas mal de fil à retordre. Eh bien, Ranger et l'agent du village ont trouvé dans ce coffre une petite trousse contenant des outils, manifestement destinés à s'introduire quelque part par effraction, plus des gants de caoutchouc, des vêtements de rechange et tout ce qui s'ensuit. Ça suffisait déjà pour faire de sérieux ennuis à Prothero, mais ils ont découvert autre chose de plus important encore : deux miniatures, un bracelet en diamants de valeur, et une pendulette. En bronze doré.

— Je n'ai jamais bien su ce qu'était le bronze doré, remarqua le directeur adjoint, apportant de nouveau son aimable contribution pour donner à Delphick le temps de respirer et de remettre de l'ordre dans ses pensées.

— J'ai moi-même dû me documenter, monsieur. C'est une sorte de décoration qu'on appliquait dans le temps aux pendules et aux bibelots. Un alliage qui ressemble à l'or, sans en être. Bon, Ranger a bien essayé de persuader sir George et compagnie de rester à distance, mais il n'avait aucune chance d'être entendu. Eh bien, il a suffi que Wormelow Tump jette un regard sur la pendulette, et un autre sur les miniatures pour déclarer aussitôt qu'ils provenaient de Melbury Manor, qui appartient au vieux Carfax. Vous savez, le promoteur immobilier qui se targue d'être un connaisseur et qui traîne une kyrielle d'ex-épouses. Il a fallu un jour ou deux pour trouver Carfax et obtenir confirmation de sa part, mais c'est grâce à l'expertise de Tump que Brinton a pu boucler le dossier contre Prothero dans cette autre affaire.

Everleigh décocha un petit sourire narquois à Fenn.

— Eh bien, voilà ! La police — la *vraie* police, notez bien, Mr. Fenn — a de bonnes raisons d'être reconnaissante à Wormelow Tump. Et on nous informe à présent que le général Colveden a une haute opinion de lui. Ainsi que Miss Seeton, semble-t-il. À quelques réserves près, comme le montre le charmant croquis qu'elle a fait de lui. Elle les a dessinés un peu plus tard ce même jour, n'est-ce pas, Delphick ?

— C'est ce que m'a dit Ranger, monsieur.

Le directeur adjoint farfouilla dans les papiers :

— J'aime particulièrement celui de la fille. Elle a l'air autrement plus gaie qu'avant. Nue et fière de l'être, pourrait-on dire.

Miss Seeton avait de nouveau dessiné Marigold Naseby dans le plus simple appareil mais parée, cette fois, d'un collier d'une facture étonnante, et de plusieurs bagues et bracelets. Elle regardait droit devant elle, avec un sourire confiant, et il n'y avait plus de voyeurs sur le dessin ; juste une brillante évocation de Nigel Colveden disparaissant à l'arrière-plan dans sa MG, équipée de pneus d'une taille exagérée.

Sur une autre feuille figurait une série de portraits de sir Sebastian Prothero, invariablement représenté sous forme d'oiseau mais, cette fois, le volatile était pathétique, les ailes brisées et en piteux état.

— Là, c'est Taylor ou Szabo, monsieur, fit Delphick en désignant une troisième feuille de papier qui montrait un petit homme en uniforme militaire, portant sous le bras une de ces badines dont se servent les sergents pour diriger l'exercice, les yeux hors des orbites, le sang au visage, la bouche grande ouverte. On peut quasiment l'entendre hurler, non ?

— Celui-là, Roland — mais il faut nous le rendre, attention ! —, c'est celui que vous pourrez montrer à vos sinistres amis, si vous le voulez.

Le directeur adjoint désigna une autre feuille, avec un seul dessin représentant sir Wormelow Tump en cotte de mailles, monté sur un cheval blanc. Dans une main revêtue d'un gantelet (et dont deux doigts étaient croisés), il tenait une lance au bout de laquelle flottait une oriflamme frappée des armes royales. Dans l'autre main, il portait une tête réduite.

— Si Miss Seeton le voit en champion de la reine, personnellement, ça me suffit, et il y a intérêt à ce que ça suffise aussi au MI5. Même si les deux doigts croisés signifient qu'il a un petit secret coupable, d'une manière ou d'une autre. Vous avez remarqué le visage qu'elle a donné à la tête ? On dirait vraiment Mr. Gladstone, vous ne trouvez pas ?

— Je pense qu'ils me croiront sur parole, sir Hubert. Ce Tump a le vent en poupe pour l'instant, c'est le moins qu'on puisse dire. Et ils feraient aussi bien de lui ficher la paix.

— « Un gent chevalier, fort parfait », murmura Delphick, qui, observant l'air sidéré de ses supérieurs, expliqua : C'est de Chaucer, dans les *Contes de Canterbury*. Ça me paraît tout à fait dans la note, vu que ça se passe dans le Kent.

Le téléphone sonna doucement dans le bureau de sir Wormelow Tump, dans l'appartement de fonction qu'il occupait au palais St. James. La sonnerie avait été spécialement réglée, à sa demande, de façon à n'émettre qu'un tintement discret.

— C'est toi, Wonky ? Tony, à l'appareil. Tony Blunt.

— Ah, bonjour ! Comment vas-tu, mon cher ?

— En pleine forme, mais *vert* de jalousie. Qui est un petit malin, hein ? Un certain ami m'a dit que tu n'étais plus sur la sellette. Si seulement je pouvais en dire autant !

— Chut, Tony !

— Je tiens absolument à savoir *exactement* comment tu t'es débrouillé. On déjeune ensemble, demain ?

— Avec plaisir. Chez toi ou chez moi ?

IMPRIMÉ EN FRANCE PAR BRODARD ET TAUPIN
6610V - La Flèche (Sarthe).
N° d'édition : 2989
Dépôt légal : mars 1999